青春のジョーカー

奥田亜希子

集英社

青春のジョーカー

1

七夕《たなばた》ゼリーは光を受け、机の木目に鮮やかな影を落とす。乳酸菌飲料で作られたゼリーの上に、偽物の海のように澄んだソーダゼリーが重なる二層仕立てで、そのわざとらしい水色の中には、星形にくり抜かれた果物やナタ・デ・ココが沈んでいた。天の川をイメージしているらしい。カーテンが揺れるたびに影はかすかに瞬いて、きれいだな、と基哉《もとや》は思う。

しかし、美味《おい》しくはないのだった。いかにも工場で大量生産されたような味だ。のっぺりとした甘さだが、しつこく舌に残り、ソーダの酸味はなぜか病院の匂いを彷彿《ほうふつ》とさせる。もともと基哉は甘味への関心が薄かった。唐揚げのほうが千倍好きだ。母親が一時間並んで買ったというバームクーヘンとコンビニエンスストアのプリンに、さほど差があるとは思えない。そんな自分がいまいちだと感じているこのデザートが、朝から教室中を浮き足立たせていることが不思議だった。

基哉の通う中高一貫の私立中学校は、ランチボックス形式の給食を採用している。献立表を参考に、希望日をあらかじめ申し込んでおくシステムで、大半の家庭が弁当持参と組み合わせて活用していた。クラス全員がランチボックスを注文する日は、年に何度もない。七夕は、そのうちの貴重な一回だ。ダイエット中だからと、普段のデザートは気になる男子にあげる女子も、七夕ゼリーは渡さない。配膳された瞬間から、皆、自分のゼリーを気にしている。

基哉は窓のほうに目を向けた。咲《さき》は今日も鈴花《すずか》と希海《のぞみ》と机を突き合わせている。リーダー格の鈴花の席が窓際にあるため、あそこが三人の定位置になっていた。基哉にとって、外を眺めているように装えるのは幸運だった。咲は背筋を真っ直ぐに伸ばし、鈴花の馬鹿笑いに口の動きだけで応えていた。その薄い唇。半袖シャツからは薄く肉づいた腕が伸び、肩にはキャミソールの紐が見て取れた。三年生になると、ブラジャーが透けているような子はいなくなった。多くの女子が、一枚多く下着を着込むようになる。その警戒心は、無防備さ以上に基哉を惹《ひ》きつけた。

咲が右腕を上げた。前髪のピンの位置を直そうとしている。シャツの袖口が開き、脇が露《あら》わになった。どくどくどく、と、基哉は耳の後ろに脈動を感じた。慌てて目を逸らし、自分のランチボックスに神経を注ぐ。顔が、身体が熱い。

「レベルは足りてるはずなんだけどな。最初の武器の選択、完全に間違えた」

「うーん、確かにあいつは短剣だと厳しいかもね。でかいくせに動きが速いから」

「そうなんだよ。こっちのスピードを上回ってくるんだよ」

「短剣は、すばやさが一番の取り柄なのにね」

「今から弓とか槍のスキルを鍛えるのもなー。なあ、もっちんはあいつを倒すのに何回くらいかかった？」

「ごめん。なんの話？」

尚介《なおすけ》と弦《げん》は呆れた顔をしたのち、声を揃えて、とある中ボスの名前を口にした。ああ、と基哉の意識は、咲の脇を目撃する前に巻き戻される。年末に発売されたアクションRPGについて、三人で話していたのだった。基哉と弦がお年玉で買ったこのゲームを、尚介は先月の誕生日によようやく手に入れた。通信プレイが可能なこと、コレクション要素の強い内容であることから、基哉も弦もいまだ飽きずに遊んでいる。ゲームは最も盛り上がる話題のひとつだった。

「僕は二回目かな。敵のすばやさを下げられるアイテムが雑貨屋で売っているから、それを使いまくって、なんとか」

「そっか、その手があったか。俺、そういう補助系のアイテムって全然使わないから、頭になかったわ」

尚介は眼鏡のブリッジを指の関節で押し上げた。まあ、敵によっては効かないからね、と答えるうちに、基哉の脈拍は落ち着いていく。しかし、窓の方角はまだ見られそうにない。咲が視界に入った途端、自分の身体は爆発する。そんな確信があった。

「おまえ、変態だな」

耳に飛び込んできた言葉に、基哉の身は強張《こわば》った。さりげなく振り返るも、啓太《けいた》は友だちとじゃれているだけで、基哉のことはまるで見ていない。数人と、昨晩テレビで放送されていたアクション映画の真似《まね》をしていた。女優の胸の動きがどうとか、腰の揺れがどうとか、再現してはげらげらと笑っている。担任教師の上原《うえはら》は委員会活動のために不在で、見かねたらしい鈴花が、ちょっと啓太たち、うるさい、と注意したが、その声もしっかりはしゃいでいた。

「揺れる胸のない女は黙ってろよ」

「ひどーい、それってセクハラー」

性的なことを大声で言える奴は強者《きょうしゃ》だ。小学生のときから何十回、何百回と感じてきた真実を、基哉は改めて噛《か》みしめる。それとも強いからこそ、教室の真ん中で品のないことを口にできるのか。

「迷惑でしかないんだけど」

尚介が早口で呟《つぶや》いた。耳が赤い。彼が貧乏揺すりをしているのが、隣に座る基哉にはよく分かった。クラスの男子で一番小柄な尚介だが、椅子はカタカタと元気に揺れた。

「うん」

基哉はとりあえず頷《うなず》いた。

「まだ食べてる奴もいるのにさ、あんなふうに暴れられたら、埃《ほこり》が入る。なんでそんな簡単なことが分からないのか、俺にはそれが分からないね」

「あのさあ、尚ちん。さっきの話だけど、盾を外して、装備を軽くしてみたらどうかな。防御力は落ちるけど、すばやさが上がれば回避も上がるし、攻撃を避けられれば、ダメージは食らわないよね」

弦の声は尚介におもねるようだった。弦は人の不機嫌に敏感だ。席替えや係決めなど、くじ引きが関係するものは、大抵最終的に弦が不人気どころを引き受ける。人から代わって欲しいと頼まれると断れないのだ。了承したところで、相手から特に感謝はされない。そういう態度を許してしまう隙《すき》が、弦にはあった。

弦とは一年生のときの、尚介とは二年生のときのクラスが同じで、基哉は二人と仲良くなった。相手が自分と親しくなれる人間かどうかは一目で分かる。お見合いのように、趣味や家庭環境を尋ねる必要はない。制服の着こなしや私物のデザイン、髪型に黒目の動かし方。脳は何百何千という情報をわずかな時間で処理して、相手がこちら側の人間か否かを基哉に告げる。にきび面に野暮《やぼ》ったい眼鏡をかけた尚介も、ふくよかで、自己紹介の声が小さいと教師に叱られていた弦も、明らかに自分と同じ場所にいた。

「俺、攻撃を避けるのが苦手なんだよな」

「尚ちんはせっかちだからなあ」

「もたもたするの、嫌いなんだよ。ほら、機動性を重視するタイプだから、俺」

ひとまず機嫌は直ったらしい。尚介はランチボックスを食べ終えると、この水色ってなにで着色してるのかな、と首を傾《かし》げながら、七夕ゼリーに手を伸ばした。わくわくした手つきで蓋を剝がし、プラスチック製のスプーンを突き立てる。そのときだった。空手に似た動きを繰り返していた啓太の腕が、尚介の背中を強く打った。尚介がつんのめる。手からカップが滑り落ち、床に当たった衝撃で中身が飛び出す。ゼリーは尚介の足元でぷるんと震えた。

「あ」

誰の声だったのかは分からない。基哉は時が止まったように感じた。だが、みるみる青ざめていく尚介の顔色に、それが錯覚だったことを知った。

「悪い」

啓太が言った。しかし、その口調は軽く、頰の筋肉や唇の端は緩んでいた。尚介が項垂《うなだ》れるように俯《うつむ》く。やや長い髪が横顔を覆う。

「なんだよ。人が謝ってるっていうのに、無視かよ。文句があるならちゃんと言えよ」

啓太は苛立《いらだ》たしげに尚介の机の脚を蹴った。振動が伝わってきて、基哉の机まで小さく揺れる。啓太と目が合いそうになり、基哉は慌てて下を向いた。ぎくしゃくと、自分のランチボックスに箸を伸ばす。脳がいまいち働かないまま、好物のチーズチキンカツに齧《かじ》りついた。味がしない。粘土を噛んでいるみたいだ。基哉の正面に座る弦も、気まずそうな面持ちで牛乳を飲んでいる。

尚介がゆっくりと顔を上げた。

「文句なんてないよ」

甘えるような声だった。基哉が横を見ると、尚介は頬を引き攣《つ》らせ、弱々しい笑みを浮かべていた。迷惑でしかないんだけど、と言っていた、さっきまでの威勢のよさが嘘のようだ。基哉は耳たぶが熱くなるのを感じた。どんな感情が、思考がこの表情を作るのか、分かってしまうことが辛かった。

「だよな」

啓太は満足げに頷くと、自分の席に着いた。教室内の空気が一気に弛緩《しかん》し、啓太と尚介に注目していたクラスメイトたちも、それぞれ食事を再開する。だが、今度は尚介の動きが止まっていた。基哉が声をかけても、自分の腿《もも》のあたりを無言で凝視している。弦がおずおずと床の七夕ゼリーを片づけ始めても、一向に反応を示そうとしない。

基哉も掃除を手伝った。ティッシュ越しのぶよぶよと頼りない感触に、一瞬鳥肌が立った。ゼリーは想像よりもはるかに柔らかく、摑《つか》みきれなかったところが次々と床に垂れていく。白く濁った乳酸菌飲料ゼリーと、内側に星を抱き、発光しているかのように鮮やかなソーダゼリー。同じカップに入っていながら、二種類のゼリーは雰囲気がまったく異なる。花形はあくまでソーダで、白いほうはその引き立て役にしか思えなかった。

ティッシュをゴミ箱に捨て、廊下の水道で手を洗った。弦と揃って教室に戻ると、さすがに申し訳なく思ったらしい尚介が、床を雑巾で拭いていた。細かい粒をすり潰してしまったのか、べたべたする、と、唇をひん曲げている。

「尚ちん、大丈夫?」

弦の問いに、尚介は拗《す》ねた顔のまま顎を引いた。基哉は隣にしゃがみ込み、

「尚ちん、僕のゼリーをあげるよ」

「いらないよ」

むっとしたように尚介は答えた。同情と受け取ったのかもしれない。基哉は慌てて付け足した。

「そうじゃなくて。僕、甘いものそんなに好きじゃないし」

「そういえば、そうだっけ」

「うん。食べてもらえると、むしろ助かる」

「分かった。じゃあ、もらう」

尚介が顔の強張りを解いて頷く。よかったね、尚ちん、と弦が微笑《ほほえ》む。基哉は啓太の様子をうかがった。数分前の出来事が幻だったかのように、啓太は自分のゼリーを上機嫌で食している。ナタ・デ・ココって食感がエロいよな、と、友だちに喋《しゃべ》りかけるのが聞こえた。

基哉は床の染みを見つめる。光と影。陽と陰。強者と弱者。七夕ゼリーだけではない。世界も二層に分かれている。

六月の最終週から約二週間、基哉の中学校には竹が飾られる。造園業を営む卒業生の保護者が、笹代わりの竹を厚意で届けてくれるのだ。折り紙を切って作った短冊と、筆記具も設置され、生徒や来賓は願いごとを自由に吊《つる》すことができる。七夕のあとは、近所の神社に奉納することになっていた。

去年も一昨年も、基哉は短冊を書いていない。無記名であれ匿名であれ、人の目に触れるところへ願いごとをぶら下げるのには抵抗があった。貪欲に生きていると思われたくない。自分のような人間に、願望があると知られるのは単なる恥だ。しかし、人の願いを読むのは好きで、短冊はチェックしていた。今のところは、女子と思《おぼ》しき筆跡で書かれた、部活動や試験の好結果を乞うものが多い。ほかには永遠の友情を祈るもの、恋愛成就を求めるもの、笑いを狙ったものもぽつぽつ見られた。

「あ」

尚介がふいに踵《かかと》を浮かせ、青色の短冊を手に取った。尚介も基哉も弦も、夏の体操服を着ている。次の授業は体育だ。グラウンドに向かう途中、少し遠回りして、ロビーに寄っていた。

「なに？」

「面白いの、あった？」

基哉と弦は尚介の手元を覗《のぞ》き込んだ。そこには黒いペンで、セックスがしたいで～す、と書かれていた。尚介の耳がさっと赤くなった。

「だ、誰が書いたんだろうな」

「昨日まではなかったよね」

「先生たちに見つかったら怒られるよな」

全体的にバランスが悪く、一画一画がだらしのない筆跡だった。とっさに啓太の顔を思い浮かべたが、彼の字はもう少し整っていたような気がする。つまりはどのクラスにも、学校中に、啓太のような人間はいるということだ。己を疑わず、弱い者を踏みにじることに躊躇《ちゅうちょ》がない。そんな強者が過ごす日々は、一体どんなものか。基哉は目を伏せた。人権が薄く削がれていくような圧迫感を覚えることもなく、もっと息がしやすくて、視界が明るいのだろうか。

「これって、そんなに気持ちいいのかな」

呟いたのは弦だった。

「知らないけど、気持ちいいんじゃないの」

ぶっきらぼうに尚介が応じる。耳だけでなく、今や頬も赤らんでいた。

「俺の従兄《いとこ》の兄ちゃん、死ぬほど気持ちいいって言ってたし。彼女と週五でやってるんだって」

やってる、の発音が不格好だった。言い慣れていないのだ。それには気づかなかったふりをして、

「じゃあ、織姫と彦星なんてやりまくりだね」

基哉は竹を見上げた。色とりどりの短冊や七夕飾りが揺れている。ロビーは吹き抜け構造だ。高窓から降り注ぐ光が木漏れ日を作り、まるで竹林にいるような気持ちになった。校内の騒音が不思議と遠くに感じられた。

「年に一回しか会えないんだもんね」

つられたように弦も顔を上げる。ひひ、と尚介が不穏に息を吐いた。

「そりゃあ、やりまくりだよな」

「一晩で何回くらいやるのかな」

弦の質問に、基哉は適当に応えた。

「五回とか？」

「えー、死んじゃうよ」

「そんなの、絶倫じゃん」

視線を合わせ、声を出さずに三人で笑う。基哉たちもときには性的な話をした。照れを押し殺し、自分はこんなことまで言えるのだと密やかに誇りながら、相手の反応を気にして、慎重に言葉を選ぶ。それでも気持ちは充分に昂《たか》ぶった。ゲームの話題では決して得られない類いの興奮があった。

「なにやってんだよ」

振り返ると、啓太を中心とした男子四人がこちらを見ていた。全員が基哉と同じ体操服姿だ。しかし、彼らに間の抜けた雰囲気はない。基哉は自分の身体を見下ろした。冴《さ》えない。絶望的に似合っていない。基哉は視界が陰るのを感じた。制服は残酷だ。さまになる人とならない人を、容赦なく振り分ける。

「まさかおまえら、これに短冊を吊したのか？　なに書いたんだよ」

虫を発見した猫の目で、啓太は竹に近づいた。違うよ、と尚介は短冊を離した。

「俺たちが書いたわけじゃなくて」

反動で、竹の枝が上に弾かれる。啓太はすかさず青色の短冊に手を伸ばした。そのまま胸元に引き寄せ、白い面にすばやく目を走らせる。

「うわっ、まじかよ」

「違うんだって。俺たちも偶然見つけて」

「へえ、おまえらもこういうことを考えるんだな」

下卑《げび》た笑い声が上がった。なになになに、と、取り巻きの三人が寄ってくる。うわー、いやらしー。これ、短冊に書くようなことかよ。すみませーん、セックスってなんですかあ？　ロビーにチャイムの音が響いた。だが、彼らの声は掻《か》き消されない。基哉は俯いた。なにを言っても聞き入れられないことは、これまでの経験から分かっていた。啓太たちがなぜ自分たちをからかうのか。そこに理屈はない。目の前に玩具《おもちゃ》があれば、子どもはとりあえず触る。弄《いじ》る。それと同じだ。飽きてくれるのを待つしかない。

啓太が突然声音《こわね》を変え、大仰に身をくねらせた。

「どうか、どうか僕にもチャンスをくださあい」

全身に悪寒《おかん》が走った。暗い部屋に唯一灯《とも》るスマートフォンのディスプレイ、再生ボタンの三角形、ぶれてぼやけた映像。学生服姿の男が、あなたのことが好きです、と頭を下げている。僕みたいな人間は、あなたには不釣り合いかもしれません、でもどうか——。彼の声が、台詞《せりふ》が、仕草が、頭の中に次々とよみがえり、基哉は身震いした。聞きたくない。簡単だ。やめて、と言えばいい。だが、唇が動かなかった。

「島田《しまだ》のところは、兄弟揃って本当に気持ちが悪いよな」

「あ、いたいた。ちょっとー、なんでこんなところにいるのよ」

女子の声に基哉は顔を上げた。鈴花と咲がロビーの手前に立っている。走ってきたのか、二人とも息を弾ませ、頬は紅潮していた。咲ばかり見ようとする目を、基哉は制御できなかった。ハーフパンツから伸びる彼女の脚は細く長く、目眩《めまい》を誘うほどに白い。布地に隠された腿を、その奥を想像しかけて、頭蓋骨の内側が煮えるのを感じた。

「もうっ、啓太たち、なにやってるの？　体育の授業、始まってるよ」

「なあ、こいつらの短冊見てみろよ」

啓太が手招きをする。えー、早くグラウンドに行こうよー、と口を尖《とが》らせながらも、鈴花はもったいぶるような歩調で啓太に近寄り、青色の短冊に視線を落とした。

「うわっ、なにこれ。気持ち悪い」

こいつら頭おかしいって、と、鈴花は咲を振り返った。基哉はようやくはっとして、僕たちじゃない、と反論したが、その声は羽音のように小さかった。咲も見てみろって。啓太がさらなる誘いをかける。これこれ、と鈴花が短冊を指し示す。咲は眉間《みけん》に皺《しわ》を寄せると、深々と息を吐いた。

「興味ない。ねえ、鈴花。早く戻らないと、私たちまで先生に怒られるよ」

啓太と鈴花は一瞬つまらなそうな表情を浮かべたが、やがて、だな、だね、と頷き合い、全員で昇降口のほうへ駆けていった。ロビーに静寂が広がる。近くの家庭科室から、ハンバーグの作り方を説明する声が聞こえてくる。僕たちも行こうよ、と、弦が泣きそうな声で言った。

「死なないかな、有馬《ありま》啓太、死なないかな」

下駄箱に到着するまでのあいだ、尚介は呪詛《じゅそ》の言葉を吐き続けた。それを聞くともなしに聞きながら、基哉は咲のことを考えていた。興味ない、と口にしたときの彼女の目は、実に冷ややかだった。道徳心や親切心から発言したのではなく、咲はただただ性的な話題が気に入らなかったのだろう。セックスについて話す啓太に、ときどき刺すような視線を送っている。彼女に誤解されずに済んで助かったと安堵《あんど》する反面、基哉の胸は鈍く痛んだ。

咲の世界に、おそらく自分は存在しない。

崖をよじ登り、川を飛び越え、木から木へと飛び移る。茂みから襲いかかってきた敵を大剣で叩き切り、倒れたその体からすかさず鱗《うろこ》を手に入れた。液晶テレビの中のモトヤは身軽で丈夫、そつがない。このフィールドについてはすでに熟知している。実写と見まごうほどのCGで編まれた空間をモトヤは行く。歩いたり飛び跳ねたりするたび、装備している鎧《よろい》や兜《かぶと》が音を立ててぶつかった。

喉に渇きを感じ、基哉はゲーム画面を一時停止した。すぐ脇で寝そべっていたむくげが頭をもたげる。右手で麦茶を飲みながら、左手でむくげの耳を掻いた。むくげは今年で十四歳になる雑種犬だ。黄土色の毛は長く、目は垂れ気味で、三角形の耳の頂点は緩く折れている。おっとりした外見を裏切らない、非常に温和な性格だ。この一、二年でめっきり年老いて、眠っている時間が増えた。

周辺を見回したが、もう一匹の姿はなかった。ゲームを始める前はキャットタワーの最上段にいたはずが、いつの間にか消えている。

「さくら」

呼んでも反応はなかった。むくげが息を吐く音と、エアコンの稼動音、そしてゲームのＢＧＭが、リビングを静かに満たしている。基哉はソファに倒れ込んだ。ベランダへと続く十階の掃き出し窓からは、ビルに囲まれた夏空が見えた。飛行機が一機、電線と平行して飛んでいる。

一人きりで過ごす土曜日に、基哉はいまだ慣れない。基哉の父親は、島田動物クリニックの経営者兼獣医師で、母親はそこの事務員兼受付スタッフだ。両親が揃って家にいない土曜日は、兄の達己《たつみ》と好き放題にゲームで遊べる日だった。共にコントローラーを握り、対戦や協力プレイもすれば、どちらかはパソコンで攻略法を調べ、もう片方をアシストするようなこともした。土曜日を楽しみに、一週間をやり過ごしていた。

コレクター気質が強く、アイテムも倒した敵も、なにもかもコンプリートしたい基哉とは対照的に、達己は好きなものだけで周りを固めたがった。気に入らなければ、レアアイテムもあっさり基哉に譲った。プレイスタイルがまったく異なるのだった。基哉は物理攻撃を好むが、達己は補助魔法を重要視し、パーティを組む相手としても最高だった。チラシの裏面にメモを書きつけながら、二人でよくボスの倒し方を相談した。作戦どおりにことが進むと、遠慮なく歓声を上げ、ソファで跳ね回った。

「ただいま」

母親の声に身体を起こした。むくげが一目散に駆けていく。基哉はなにごともなかったようにコントローラーを握った。あー、暑かった。母親がリビングに現れる。薄い水色の制服を着ていた。島田動物クリニックと自宅マンションは、徒歩で五分程度しか離れていない。にもかかわず、母親は汗を掻いていた。

「お兄ちゃんは？　帰ってきた？」

「まだ」

テレビ画面から目を離さずに答えた。

「連絡は？　メッセージとか電話とかあった？」

「ない」

「じゃあ、お昼ご飯はどうすればいいのよ」

「作らなくていいんじゃない？　たぶん食べて帰ってくるよ」

「まったく、何時になるんだか。せめてメッセージくらいは返して欲しいわ」

そう嘆息し、母親は荒々しく冷蔵庫のドアを開けた。

「あー、もう作る気しない。素麺《そうめん》でいい？」

「いいよ」

クリニックがよほど混雑しない限り、母親は昼食を自宅で摂《と》る。基哉はゲームをふたたび一時停止させ、ダイニングテーブルを拭いたり、箸を並べたり、母親を手伝った。達己が朝帰りどころか昼帰りすらしなかったことで、母親の不機嫌はピークに達しようとしている。ここは慎重に行動しなければならない。

「お兄ちゃんってさ、大学に入って変わっちゃったよね」

素麺を口元まで運んだところで、母親は吐息混じりに呟いた。

「なんだか別人みたい」

「別人？」

「髪の毛を染めて、今まで興味がなかった服まであれこれ買うようになっちゃって。そんなことのために、お年玉やお小遣いをこつこつ貯めてきたわけじゃないでしょう？　喋り方も前とは違うし、家には帰ってこないし。ねえ、イベントサークルって、そんなに忙しいのかな？」
「一年生だから、なにかと雑用があるんじゃない？　好きにさせてあげなよ。お兄ちゃん、あんなに頑張ったんだから」

二年前の秋だった。自室に閉じこもっていた達己は、突然リビングに現れると、僕は明日から受験勉強を始めます、と家族の前で宣言した。偏差値を現状より十ほど上げ、難関大学合格を目指すと言う。父親も母親も基哉も、達己の発言を本気にしなかった。達己が部屋から出てきただけで嬉しかった。一時的な発作でも構わない。皆、そう思っていた。

だが、それからの約一年、達己はひたすら受験勉強に励んだ。食事中も、車で移動しているときも、ぶつぶつとひとりごとを発しながら参考書のページをめくっていた。達己の部屋の電気は、一晩中消えることがなかった。夜中にトイレに起きるたび、基哉はドアの向こうに全神経を集中させている人間の、殺気にも似た気配を感じた。

「お母さんだって、それくらいは分かってるわよ。でも、週に三日も四日も家に帰ってこないなんて、いくらなんでもおかしいでしょう。お小遣いを少し減らせばいいのかな。でも、そうすると、今度はアルバイトの時間を増やしそうだし……。お兄ちゃん、授業にはちゃんと出てるのかな」
「出てるんじゃない？」
「本当にどうしちゃったんだろう。まさか彼女ができた、とか」

箸を持つ手が止まった。基哉は正面から母親を見つめた。薄く化粧を施した瞼《まぶた》の下、細かい皺に囲まれた目に、こちらを試しているような色はない。本気のようだ。素麺を啜《すす》りながら、基哉はどう返そうかと考える。母親の足元に寝そべっていたむくげが、尻尾で柔らかく床を打った。

達己が興奮しきった様子で明け方に帰宅したのは、二ヶ月前、ゴールデンウィークの最終日のことだった。自室で気持ちよく眠っていた基哉は、達己に揺すぶられて目を覚ました。なあなあ、聞いてよ、聞いて。その声に、重たい瞼を懸命に開いた覚えがある。聞いて、と、ただいまより先に繰り返す彼の口からは、未成年にもかかわらず酒の匂いがした。

俺、やったよ、基哉、俺、やってやった。

都内でも三本の指に入る高偏差値の大学に入学して以来、達己の一人称は僕から俺に変わった。そのことに基哉はまだ不慣れで、特に起き抜けの頭では、達己の言う俺が誰を指しているのか、すぐには理解できなかった。やったって、誰が、なにを？　一秒でも早く眠りたい一心で、おざなりに尋ねた。セックス、俺、セックスした。この返答を聞いた瞬間、基哉の眠気は吹っ飛んだ。

他大学の女の子でさ、向こうもかなり酔っ払っていて、駅まで送る途中にホテルに誘ってみたらついてきた、全然可愛い子じゃないし、通ってる大学もレベルが低くて、たぶん俺の大学の人間なら誰でもよかったんだろうけど、でもいいんだ、二十歳になる前に童貞を捨てられた、あー、俺、今の大学に合格できてよかった、女が俺を見る目が今までと全然違うんだ、少なくとも同じ人間として扱ってもらえる。

熱に浮かされたようにそう言うと、達己は不格好な並びの歯を剝き出しにして笑った。執念だ、と基哉は思った。この人は執念で、あの悪夢のような出来事を克服した。達己が部屋を去ったあとも、驚きや羨望に胸を荒らされ、結局朝まで眠れなかった。テレビドラマやアダルト動画のセックスシーンに達己を嵌め込んでは、自分の兄がどんなふうにことを進めたのか想像し、昂ぶったりげんなりしたりした。

「基哉は、お兄ちゃんからなにか聞いてる?」

「なにかって?」

「だから、彼女ができたとか、親しくしている女友だちがいるとか」

「聞いてない。なにも知らない」

「ねえねえ、もし分かったら、お母さんに教えなさいよ」

「嫌だよ、そんなスパイみたいなこと」

「大丈夫。無理に別れさせるようなことはしないから。ちゃんと知っておきたいだけ。ほら、お兄ちゃんは昔から、ちょっと暴走しやすいところがあるでしょう?　基哉はしっかりしてるから、心配ないんだけどね」

基哉は適当に相槌《あいづち》を打った。息子たちにもいつかは恋人ができると信じて疑わない母親が眩しく、また、同時に愚かに思えた。

母親がクリニックに戻ると、基哉はゲームを再開した。しかし、やはり気分はのらず、最寄りのポイントでセーブをして、電源を切った。引きずるような足取りで自室に向かう。むくげが後をついてきたため、一緒に部屋に入った。むくげはすぐにクッションの上に丸くなり、毛に覆われた瞼を閉じた。

基哉はベッドに寝転んだ。見慣れた白い天井には、二年前に剝がした漢字熟語表ポスターの跡が残っている。椅子の座面に踏み台を置き、その上に立って限界まで手を伸ばして、達己が受験対策に貼ってくれたものだ。島田動物クリニックは、緊急時の夜間休日診療を受けつけている。医院長の父親は呼び出されることが多く、なにかと留守がちだ。基哉にとって、四歳上の達己は兄であるだけでなく、頼れる保護者だった。心から信用していた。

それでも基哉は、達己が童貞を捨てたという事実に何度でも驚いた。達己は顔の造形が悪い。目は糸のように細く、鼻は低いが頬骨は張り出している。特に目を引くのが歯並びで、そのすべてが父親に似ていた。一方の母親は、集団で浮き上がらない程度の不器量だ。基哉は母親のほうの血を濃く継いでいた。基哉が父親から譲り受けた外見的な特徴は、中学生にして百八十センチある背丈のみだろう。そのことに密かに感謝していた。

大学入学を機に、達己は髪型や服装を大きく変えた。イメージチェンジは成功し、見た目の印象は大幅に向上した。とはいえ、かつては街を歩けば通りすがりの人に振り向かれ、電車に乗れば指を差して笑われていた達己だ。小中高を通して、彼に友だちはいなかった。周囲からの虐《しいた》げや嬲《なぶ》りで怒りが限界に達すると、達己は奇声を上げて暴れ回った。涙や鼻水や涎《よだれ》でぐちゃぐちゃになった顔で、相手に挑みかかるのだ。そんな達己がセックスを経験できたことが、女の身体に触れ、女の膣《ちつ》に己の性器を入れられたことが、どうしても腑《ふ》に落ちなかった。

基哉は身を起こし、むくげを部屋から追い出した。隙間なくドアを閉め、ベッドの上でスマートフォンを操作する。再生するアダルト動画を選びながら、ズボンと下着をずらした。毛の茂みの下、硬くなりつつある性器を握る。身体のあちこちに鬱積していた熱が、一点に集結していく。

体育倉庫が舞台のこの映像は、最近のお気に入りだ。基哉のスマートフォンにはフィルタリングが設定されていたが、すり抜ける方法はいくらでもある。手を上下に動かし、動画の彼女が乱れるさまを凝視した。

しかし、そこに咲の姿がちらつくのを止められない。なだらかに膨らんだ乳房、体操服のハーフパンツ越しに見えた臀部《でんぶ》の丸み。先週、すれ違いざまに吸った空気は、シャンプーか柔軟剤か、花の匂いがした。安易に媚びない眼差《まなざ》しは、いつも基哉を息苦しくさせた。誰にもへつらわずに中学校生活を生き抜くことは、ひどく難しい。咲の美しさは気高さだ。

さらに強く性器を擦《こす》る。自分の一部はますます熱を帯び、大きく硬くなっていく。脳裏の咲が脚を広げ、来て、と囁《ささや》いた。瞼の裏が激しく明滅する。性器が震え、ティッシュの中に精液が放たれた。またしても咲を想像してしまったことに、基哉は項垂れる。写真や映像を参考にことを始めても、強い力で引きずられるように咲に行き着いてしまうときがあった。

学習机の引き出しを開け、携帯ゲーム機を取り出した。数年前まで愛用していた、今より一世代前の機種だ。電源を入れる。液晶画面にタイトルが浮かび上がる。これは基哉が人生で最もやり込んだゲームのひとつだ。モンスターを捕まえて戦わせるタイプのＲＰＧで、膨大な時間と手間をかけ、全種類を捕獲した。モトヤが仲間にしたモンスターを表示させる。どこでどんなふうにして捕まえたか、すべて記憶していた。どの子にも愛着があった。

特に苦労したうちの一匹にカーソルを合わせ、にがす、のコマンドを選択した。にがすともうかえってきませんが、いいですか？　訊かないで欲しい。この一文を読むたび基哉は思う。誤操作を防止する目的だろうが、毎度脅されているような気持ちに駆られる。力を込めて決定ボタンを押した。

いつからか、咲で自慰をしたあとは、大切なモンスターを一匹手放すようになった。こんなことをしても彼女を汚した罪は消えない。分かっている。だが、なにかで償わなければ、咲の顔もまともに見られなくなる。そして、自分のような人間が差し出せるものといえば、これしかなかった。

世界が二層に分かれていることに気づいたのは、いつだろう。

ふたたびベッドに寝転がる。幼稚園児のときには、すでに気づいていたような感触がある。馬鹿。うるせえ。邪魔すんなよ。そんな言葉を躊躇なく使える男子のことは、先生がなんと言おうと仲間に思えなかった。基哉は幼稚園に入るまで、自分のことを俺と言い、相手のことをおまえと呼ぶのは、テレビの中の人間だけだと考えていた。

小学校は、さらにきっぱり分かれていた。基哉の学年は特に荒れていて、クラスのほとんどが崩壊寸前だった。そのまま地元の公立中学に進むのが嫌で、基哉は私立の中高一貫校を受験した。環境が変われば、教室内の自分のポジションも変わるかもしれない。そんな淡い期待も抱いていた。しかし、同年代が一定数集まれば、見下す者と見下される者に必ず分かれる。そのことを一年生の四月のうちに、思い知らされた。

ゲーム機を引き出しに戻したとき、ドアを引っ掻く音がした。基哉はノブを手前に引いた。黒っぽい影がにゅるりと部屋に入ってくる。にゃーと一鳴きすると、その影はベッドに飛び乗った。

「さーちゃん」

さくらは一歳半の雌猫だ。一昨年の冬、島田動物クリニックの前に捨てられていたのを基哉が見つけた。学校に行こうと家を出た直後のことで、基哉はダッフルコートの胸元に子猫を入れると、競歩のような足つきで自宅に戻った。クリニックの前に動物が置き去りにされているのは、珍しいことではない。それが犬猫だったときには、父親の後輩である野崎《のざき》に引き取ってもらうよう決まっていた。野崎はライフブランケットというNPO法人を運営している。保健所などから引き受けた犬猫を飼育しつつ、新たな飼い主を探す団体だ。さくらも当然、そこへ行く予定だった。しかし、ちょうど一ヶ月前に、十六年間連れ添った猫のうめを亡くして落ち込んでいた母親は、子猫を見るなり、この子はうちの子、と言った。

基哉にとって、さくらは初めての、自分が庇護《ひご》すべき生きものだった。うめやむくげは基哉がものごころつく前から家にいたため、ペットというよりも兄弟、それも兄や姉に近かった。二匹にとっても基哉は永遠の末っ子だったようで、態度の端々に、自分より弱きものへの懐の深さがにじんでいた。だからこそ、さくらを飼い始めると、守られるために生まれてきたような子猫の可愛さに脳が痺《しび》れた。

「さーちゃん、ご飯食べた？　お腹いっぱいになった？」

キジトラ柄のさくらを撫《な》でる、この手つき。甘やかな声や、緩みきっているであろう頬。家族にも友だちにも、絶対に見せられない姿だ。むくげの前ですら抵抗がある。だが今はさくらと二人きりだ。すっかり成猫《せいびょう》になったさくらの腹部に顔をうずめる。さーちゃん、さーちゃん。生ぬるい体温が心地よかった。

さくらかもも、どちらがいいかと母親に訊かれたとき、基哉は迷わずさくらと答えた。さーちゃん、と咲が自分の親から呼ばれていることを知っていたからだ。咲とは一年時もクラスが同じだった。さーちゃんだって、と友だちにからかわれ、やめて欲しいんだけどね、と顔をしかめているところを見たことがあった。

「さーちゃんは本当に可愛いねえ。宇宙で一番可愛い」

にゃー、と、さくらが基哉の頬に前足をめり込ませる。爪は立てていない。そろそろ鬱陶《うっとう》しいと抗議しているのだ。ごめんごめん、と基哉は顔を離した。それでいいと言うように、さくらが目を細める。なにをされてもさくらには腹が立たない。むくげやさくらを撫でていると、基哉の気持ちは自然に凪《な》いだ。好きなものに好きなだけ好きと言える。触れることもできる。ほかにはなにもいらないと、心の底から思えた。

しかし、この状態でいられる時間は短い。ゲームにおける無敵状態のようなものだ。基哉は人差し指でさくらの頭を擦った。さくらが耳を震わせる。髭《ひげ》の先がぴくりと揺れた。心穏やかに中学校生活を過ごすことは、きっと誰にもできない。思春期とは、地獄の別称だ。

朝から降っていた雨は、夕方になっても止まなかった。

最上段に足をかけると同時に、基哉の目は啓太をとらえた。隣のクラスの男子とスマートフォンを覗き込み、頷きながら笑っている。引き返そうかと迷った頭の隅で、学校を出る前に啓太の所在を確認しなかったことを後悔した。基哉も啓太も帰宅部だ。しかも、同じ路線を使っている。駅で鉢合わせしないよう、細心の注意を払う必要があった。

獲物の気配を察知したのか、啓太が振り返る。視線がぶつかった。後ろめたいことはなにもない。堂々としていればいい。自分を叱咤《しった》する。しかし、基哉はなかば反射的に目を逸らした。

「なに避けようとしてるんだよ、島田」

もう引き返せない。渋々階段を上がった。やや強い風が吹き、霧のように細かい雨がホームに降り注ぐ。顔や首、腕が一斉に湿った。ホームの庇《ひさし》の先からはぼたぼたと水が垂れ、線路に当たって弾けた。

「お、今日のＭＶＰじゃん」

啓太の隣の男子が、基哉を認めるなり声を上げた。

「そんなんじゃないって」

「そんなんじゃないって」

「たまたま勝てただけだから」

「たまたま勝てただけだから」

弱々しい基哉の喋り方を、啓太はいつものように過剰演出で真似た。こっちに来いよ、と顎でしゃくられ、仕方なく近寄る。啓太は中肉中背だ。基哉は細いが背は高い。体格では決して負けていないはずが、とても反発する気にはなれなかった。男子の強さは、体つきでは決まらない。大切なのは、瞬発力と攻撃性と、自信。ゲームキャラクターのステータスのようなものだ。基哉と啓太では、おそらく初期設定からして差があった。

「おまえさあ、どうしてくれんの？」

「な、なにが？」

啓太は傘の先端を基哉の臑《すね》に押し当てた。ホームにはほかにも人がいたが、啓太ともう一人の男子に挟まれ、基哉の足元は陰になっている。駅員の姿は遠い。啓太が囁くように言った。

「おまえのせいで、俺、こいつに千円払うはめになったんだけど」

今日の二時間目の体育は、バスケットボールだった。二クラス合同で行われ、まずは男女別に五人組のチームを作ることになった。基哉は尚介と弦とまず身を寄せ合い、そこへもうひとつのクラスであぶれていた二人組を引き込んで、なんとか体裁を整えた。戦力はどうでもよかった。負けないことよりも、メンバー全員が敗北を気にしないチームを作ることのほうが、ずっと大切だった。

試合が始まった。基哉たちの動きを、啓太のグループが妙に楽しげに観ていることには気づいていた。基哉のチームに、まともにバスケットボールができる人間はいない。どうせまた自分たちを馬鹿にして面白がっているのだろうと、諦めにも似た境地で考えていた。だが、違った。彼らは賭けていた。昼休みに数人から唐突に礼を言われ、基哉はその事実に気づいた。基哉のチームが勝てば千円、相手チームが勝てば百円。それが配当だった。

「し、知らないよ」

「知らないよ、じゃねえよ。サッカーの授業で俺と同じチームになったときには、おまえ、まじで使えなかったくせにな」

今回基哉たちが勝てたのは、ほとんど運だった。パスの通り道に、転がったボールの先に、ちょうど味方がいるという僥倖《ぎようこう》に恵まれた。ボールを手にした者は、ゴール下の基哉にとにかく繋いだ。基哉が両手を伸ばしてボールを掲げれば、それを取り返せるほどの長身は相手チームにいなかった。基哉がリングに放ったボールはぽつぽつとネットを通過し、一方、相手方はことごとくシュートを外した。その結果だった。

負けても構わないと思っていたはずが、勝てばやはり嬉しかった。観戦していた女子の一人が、島田くん、すごかったね、と友だちに言うのが聞こえた。基哉は身体が三センチほど浮き上がった気がした。給食の時間が過ぎても、帰りのショートホームルームが終わっても、島田くん、すごかったね、という声は耳に残り続けた。このホームで啓太を見つけるまで、気持ちはずっとふわふわしていた。

「ちょっと活躍したからって、調子に乗ってんじゃねえぞ」

啓太がえぐるように傘の柄を捻《ひね》る。痛くはないが、石突きから雨水が染み込み、ズボンが濡れて気持ちが悪い。

「やめとけよ、啓太」

「じゃあおまえ、千円返せよ」

「それは嫌」

もう一人の男子はあっさり退いた。傘を持つ啓太の手に、ますます力がこもる。活躍しなければ罵倒され、勝利を遂げても非難される。善悪とは、常に強者の都合で判断されるもののことだった。

「なあ、俺、喉渇いたんだけど」

啓太に顔を覗き込まれ、基哉は一歩後退した。その言葉が意味するところを、数秒遅れて理解する。肌が粟立《あわだ》った。雨のせいだけではなかった。これは、絶対にはね除《の》けなければならない。基哉は電光掲示板に焦点を滑らせる。電車は前の駅を発《た》ったようだ。もう少し、あと数分で電車が来る。

「俺、喉がからっからなんだけど。それで、あそこに自販機があるんだけど」
列車の到着を知らせる駅員のアナウンスがホームに響いた。足元が小刻みに揺れる。迫り来る轟音。基哉たちの前に、一本の電車が停まった。ドアが左右に開かれる。車内に駆け込もうとした基哉の腕を、啓太が摑んだ。おい、待てよ。さして強い力ではないのに振りほどけない。発車のベルが鳴り、ドアはゆっくりと閉ざされた。

啓太に傘で足元をつつかれ、自動販売機の前に誘導された。

「これがいいな」

啓太が選んだのは、スポーツドリンクだった。たかだか百六十円だ。基哉はそう思い込もうとする。喝上げとは到底呼べない、微々たる金額だ。漫画も購買のサンドウィッチも買えない。そうだ、奢《おご》ってあげたことにしよう。

「ああ、美味《うま》い。ありがとな」

ほら、感謝された。別にこれくらい、と基哉は懸命に微笑む。自動販売機の窓に、自分の姿が淡く映り込んでいた。その顔は、頭に思い描いていたものと微妙に異なった。唇こそ笑みを模《かたど》っているものの、目元が随分暗い。七夕ゼリーを台無しにされたときの尚介に似た、媚びるような眼差しだった。

雨から逃れるようにマンションのドアを開ける。真っ黒なスニーカーが三和土《たたき》に転がっていた。どこかのスポーツブランドが出した限定版だと聞かされたが、ファッションに明るくない基哉には、その価値が分からない。自分のローファーと共に踵を揃え、脱走防止用のペットゲートを跨ビングに入った。

いで越えた。奥からむくげがやって来て、足元にまとわりつく。ふかふかの首元を撫でながらリ
「ただいま」

「お、早いなあ」

ソファに寝転んでいた達己が上体を起こした。基哉と達己は、生活リズムがまったく違う。同時に自宅にいるときでも、どちらかは寝ていることが多い。言葉を交わすどころか、顔を合わせるのが実に一週間ぶりだった。

「早くないよ、普通だよ。お兄ちゃんはこれから大学?」

「もう行ってきた。明日提出のレポートがあるから、今日はストレイトに寄らずに帰ってきたんだ」

達己の手にはタブレット端末があった。きっとまた、電子書籍でファッション誌を読んでいたのだろう。今日の達己は、ドット柄のシャツに七分丈のチノパンを穿《は》き、黒縁の眼鏡をかけていた。眼鏡は伊達だ。レンズに度は入ってない。すでに十回は目にしているコーディネートだった。達己は雑誌を丸ごと参考にするため、服の組み合わせに揺らぎがない。母親に買い与えられるままに量販店の服を着て、スポーツ刈りにしていた半年前が、遥か昔のことのように感じられた。

「そうだ。母さんがロールケーキを買ってきたぞ。ほら、駅前通りの、郵便局の向かいの店。基哉のぶん、切って冷蔵庫に入れておくって」

「分かった」

「その店、最近人気が出てきて、テレビの取材も来たらしいな。このあいだ、ストレイトの差し

入れに持っていったら、女どもが大喜びしてたよ。まったく、女って本当にスイーツが好きだよな」

女。生臭い単語にどきりとした。達己はもう、高校以前の過去をすっかり捨てたのだろうか。ブレザー姿の女子生徒に向かって、深々と頭を下げていた兄。どうか、どうか僕にもチャンスをくださあい。羞恥心が生々しく喚起され、基哉は一瞬、あの光景を自分の目で見たような錯覚に駆られた。違う。小さく首を振る。あれは動画だ。インターネットに公開されていたものを観ただけ。痛い痛いと思いながら、何十回と再生した。

二年前の秋、達己はクラスメイトに告白した。相手はクラス委員も務める、非常に成績優秀な女子だったらしい。放課後、校舎裏まで来て欲しいとの手紙を受け取った彼女は困り果てた。友人に相談し、その友人がまた別の友だちに喋り、そうして島田達己がなにかやらかしそうだという話は、あっという間に学校中に広まった。

達己の告白の様子をスマートフォンで撮影したのは、集まった野次馬のうちの一人だったようだ。動画は凄まじい勢いで人から人に伝わった。それは校内だけにとどまらず、これ、おまえの兄ちゃんなんだって？　と、基哉が同級生にスマートフォンを突きつけられたのは、達己の失恋からわずか二日後だった。俺の姉ちゃんとおまえの兄ちゃんが同じ高校に通ってるんだよ、これ、ネットですげえ拡散されてるぞ。名前も知らない同級生はにたりと笑った。

すぐさまトイレの個室に飛び込み、スマートフォンを操作した。噂《うわさ》の動画を見つけるまでに、さほど時間はかからなかった。人差し指で画面をタップし、再生する。シークバーのつまみが右方向に動くにつれて、体温が低下していくような気がした。学生服姿の男は、本当に達己だった。

個人名や学校名は公開されず、顔もはっきりとは映っていなかったが、立ち姿や声はまぎれもなく彼のもので、野次馬の忍び笑いを聞いているうちに、基哉の視界はちかちかと明滅した。

「なあ、基哉はいつから夏休みなの？」

達己の声で我に返った。

「木曜日だけど」

「あと三日かー。なになに、友だちとどこか出かけるの？」

「誰かの家に集まって、ゲームするくらいだと思うけど」

「なんだよ、それ。ぱっとしないなあ。夏だっていうのに」

「お兄ちゃんは、なにか予定があるの？」

「もちろん。俺、今年の夏は遊びまくるから。ストレイトのほうでいろいろとプランを練ってるんだ。海だろ、山だろ、それから遊園地と――」

達己は口の端から唾を飛ばし、誰かの別荘に泊まる計画や、花火大会やビアガーデンの予定を語った。達己が在籍するイベントサークル、ストレイトは、その名のとおり年間を通してイベントを企画している。中学や高校の部活とはまったく別ものらしいと、最近になって基哉は理解した。

達己はサークルメンバーについても語った。超大手企業の経営者の息子や、学生起業家、去年のミスコンで準グランプリを獲得した先輩がいることを、彼はまるで自分の手柄であるかのように口にした。三年生の某先輩が雑誌のモデルと付き合っていると告げるときには、双眸《そうぼう》が異様なまでにぎらついた。

「とにかくオーラのある人でさ、有名人の知り合いも多くて、誕生日パーティのときの写真を見せてもらったら、まじでやばかった。おまえ、俳優の峯《みね》田陵《たりよう》って分かるよな？　え、知らない？保険のＣＭに出てる、背の高い」

「ああ、その人か」

　適当に相槌を打ちながら、基哉はキッチンの水道で手を洗い、ロールケーキを取り出した。立ったまま口に運ぶ。母親がオープン当初から贔屓《ひいき》にしている店のものだが、やはり特別美味しいとは思わない。一方の達己は、基哉の反応も気にせず喋り続けている。盛んに手足を動かし、そのたびずれる伊達眼鏡を人差し指で押し上げた。

「本当にさ、やることがいちいち全部格好いいんだよ。まじで俺の憧れ。このあいだ、とうとう先輩に、どこの香水を使ってるのか訊いちゃった。いつもすげえいい匂いがするんだもん。今度、俺も同じものを買うんだ」

「香水って、男用もあるの？」

「あるよ、あるある。そうか、中学生は知らないよな」

　人はどこまで遠くに行けるのか。大学に入ってからの達己を見ていると、基哉は人類の進化を目撃しているような気持ちになった。そうだ、進化だ。母親は達己が変わってしまったと言ったが、これはもう変化の域を超えている。基哉は唇についたクリームを指で拭った。暗い顔で、きょどきょどと黒目を揺らしていた兄は、もういない。こと、初めてのセックスを経てから、達己の表情には自信と生気がにじむようになった。

「お兄ちゃん、よかったね、今の大学に受かって」

思わずそう述べた。二年前の大失恋が、達己の受験の動機であることは間違いない。告白の様子がインターネット上に拡散されていると知った達己は、それから二週間、自室に閉じこもった。学校にも行かず、家族とも喋らず、部屋からはときどき悲痛な叫びが聞こえ、達己がおかしくなってしまったのではないかと、両親も基哉も心配だった。

「本当によかった」

「まあ、よかったけどさ」

達己は訝《いぶか》しげな目で基哉を見つめた。どこからかさくらがやって来て、基哉の臑に体を擦りつける。ただいま、さくら。達己の視線から逃れるように俯き、基哉は愛猫を抱き上げた。

「基哉、なにかあったのか？」

「なにもないけど」

「なにもなくないだろ。誰かにひどいことを言われた？　ものを隠されたとか？」

「そんなんじゃないよ」

今日の帰り道、啓太に買わされたスポーツドリンクのことを考えていた。もしあれが自分ではなく達己だったら、絶対にお金は出さなかっただろう。摑みかかってでも抵抗したはずだ。しかし、自分は二枚の百円玉を啓太に手渡した。これから先、あのホームに立つたび、自動販売機に映った自分の目を思い出すかもしれない。鼻の奥が熱を帯びた。

「ただ」

言葉を句切り、小さく息を吐いた。ただ？　と達己が繰り返した。

「僕は……僕にはこの先ずっと、楽しいことがなにもないような気がする」

「基哉」

基哉が少しでも悲観的なことを述べると、周囲の大人は口を揃えて、まだ若いんだから、と窘《たしな》めた。だが、十五年も生きれば、己の限界くらいは分かる。自分は総理大臣にも俳優にもなれない。それと同じで、クラスの人気者になることも、異性から好かれることもない。おそらくは、強者の影に怯《おび》えて一生を過ごす。さくらの喉元を撫でながら、基哉は涙がこぼれないよう目元に力を入れた。

「あのさ」

達己が口を開いた。

「今度の日曜、うちのサークルで、バーベキュー大会をやるんだ。バーベキューエリアのある大きな公園にレンタカーで行って、みんなで肉を食う予定。たぶん、三十人は来ると思う」

「へえ、すごいね」

基哉は曖昧な相槌を打った。急転換した話題に戸惑っていた。

「おまえも来いよ」

「えっ」

「参加費さえ払えば、誰でも行ける集まりなんだ。さすがに中学生だって知られると面倒だから、もし年を訊かれたら、高校生ですって答えればいい。基哉なら大丈夫だろ」

基哉はすでに達己よりも背が高い。確かに高校生でも通用はするだろう。それでも、三十人以上が集まるというバーベキューに、一ミリも心は動かなかった。基哉は眉をひそめて首を振った。

「行きたくないよ、そんなの。明るい人間が明るい人間と楽しむための会でしょう？　僕、絶対に馴染《なじ》めないよ」

「そう、そうだよ、そのとおり。でも、女もいっぱい来る」

また、女。腕の中でさくらが暴れる。抱っこから解放されたいようだ。力を緩めると、さくらはすかさず床に飛び降りた。そのままの勢いでキャットタワーの最上段まで駆け上がり、背中を丸めて毛繕いを始める。基哉はぼんやりとその姿を眺めた。

「女」

「そう、女」

達己が重々しく頷いた。

「基哉、セックスすればいいんだよ。セックスをすれば、一気に世界が変わる」

「お兄ちゃん」

「一回でもいい。その相手と付き合えなくたっていい。性欲を、生身の人間に向けることが許されて、しかもそれを受け入れてもらえるっていうのは、まじですごいことだよ。大袈裟《おおげさ》じゃなく、存在を許されたような気持ちになる。もちろん、今回のバーベキュー大会に行ったところで、すぐには叶わないと思う。でも、女に対する経験値は、少しは積めるはずだ。女といっぱい喋って、慣れて、自信をつける。そのために参加するんだ」

達己の顔は真剣そのものだった。セックスという響きに照れることも、大胆な持論に気後れしている様子もない。一笑に付すことを許さない緊迫感に、基哉は唾を飲んだ。

「なあ、基哉。俺、思うんだ」

「うん」

「もてない童貞は、たぶんこの世で一番悲惨な生きものだよ」

身体は身体でしかないと思っていた。男女とは、単なる差異のことだった。

基哉は十歳まで母親と風呂に入っていた。また、犬猫の交尾や去勢、避妊について、父親から一通りの説明を受けていた。そういうもの。それが基哉の身体への所感だった。手はなにかを摑んだり、道具を使ったりするためのもの。足は地面を踏みしめ、前後左右に進むためのもの。それと同様に、乳房とは子どもに乳を与えるための、子宮は胎児を育むための器官だと思っていた。小学三年生のときに、保健の授業で男女の身体の違いについて習ったが、教室に気恥ずかしさが満ちる中、基哉は平然としていた。みんながなぜ照れているのか分からなかった。

だが、小学校の高学年に上がったころから、急に女子に対して重みや厚みを感じるようになった。ぶつかったときの背中が柔らかい。腰がやたらに丸く見える。視界の隅で、女子の存在感が大きく膨らんでいた。彼女たちの肉感は日ごとに増し、いつしか身体は身体以上のものになった。基哉が自慰を覚えたのもこのころだった。

昨晩も一匹、大切に育てたモンスターを野に放した。咲を全裸にし、自分の性器を咥《くわ》えさせた。ずっと自分に禁じていた妄想だったが、昨日は自慰を始めた途端に抑えが利かなくなり、最後には激しく咲を弄《もてあそ》ぶこととなった。セックスをすれば、世界が変わる。本当だろうか。バーベキュー大会に参加すると決めてから、毎日性器をしごいている。もしも世界が変わったら、果てたあとに、これほどの罪悪感や惨めさを抱えなくて済むのだろうか。

女子に触れたい。基哉は目を閉じる。女子を揉みたい、彼女たちの肉体に爪を立てたい。性欲は怪物のようだ。セックスは愛情の果てにある行為だと、責任を負えない子どもがすべきことではないと、その手の倫理は充分承知している。する相手はいない。できる見込みもない。それでも、欲望が激しくのたうち、内側から食いちぎられそうになる夜があった。アダルト動画や想像で解消できるのは、あくまで欲望の表面でしかない。その根幹では常に、女をめちゃくちゃにしたいという衝動が息をしている。怪物が目を光らせている。

そして、この場合の女とは、特定の誰でもないのと同時に、地球上に存在するすべての女のことだった。

2

けたたましく鳴るアラームを手探りで止めた。瞼を開いてから、珍しく眠気があとを引いていないことに気づき、スヌーズ機能をオフにする。布団の中で散々寝返りを打ったことは、もはや昨晩の記憶になっていた。基哉はパジャマを脱ぎ、服に着替えた。VネックのボーダーTシャツと、水色のハーフパンツだ。これなら基哉でも着られるはずと、達己から貸し出された。どちらもシンプルながら、非常に手触りがいい。高いものかもしれない。基哉は軽く怯《ひる》んだ。

キッチンでは、達己が朝食の支度をしていた。

「おはよう」

「おはよう」

「パン、焼く？　食パン」

「焼く」

朝の五時半だ。父親と母親はまだ眠っている。達己に恋人らしき相手がいるかどうか、探ってきて欲しい。昨晩、母親からそんな密命を受けた。最初は拒んでいた基哉も、母親のあまりのしつこさに渋々承諾した。息子の性に関して、母親の勘は本当に的外れだ。そういうお年頃だから、と口にはしても、想像があくまで健全の域を出ない。基哉がイベントに参加する動機にも、おそらく一生気づかないだろう。

足元にさくらがやって来た。基哉は腰を屈《かが》め、指先で撫でた。むくげは開けっ放しにされたケージの中で餌を食べている。カリカリと、硬い粒を歯で砕く音がリビングに響いた。

「曇りの予報だったけど、晴れたなあ」

キッチンカウンター越しに、達己が窓の外を仰いだ。

「よかったね」

「今日の参加者に、めちゃくちゃ晴れ女の先輩がいるんだよ。だからかな」

おっぱいがすんごくでかいんだと、達己が鼻息荒く語るのを聞きながら、基哉はトーストを齧った。緊張しているような、これから自分がどこに行こうとしているのかまだ実感が湧かないような、奇妙な感覚が胸に渦巻いている。先に食事を終えた達己は、洗面台で髭を剃《そ》り始めた。電気シェーバーの音が聞こえてくる。基哉はまだ毎日剃らなくていい。週に一、二度、顔用カミソリを当てている程度だった。

電車に乗り、達己の大学に向かった。参加を予定している一年生のうち、達己を含む男四人は、先にキャンプ道具を車で運ぶことになっていた。道具は公園でも借りられるが、なにせ三十人が集まるイベントだ。ポップアップテントやタープ、レジャーシートなど、サークル室にあるものはなるべく活用したいという。残りの一年生と上級生は、正午の到着を目指して、別の車で来るそうだ。基哉も正午に着けばいいと言われたが、達己と別行動になるのが嫌で、迷わず早起きを選んだ。

日曜の朝にもかかわらず、電車内の座席は埋まっていた。達己と並んでドアの前に立ち、流れる景色を眺めながら、二人だけで電車に乗るのはいつ以来だろうと考える。小学生のころ、当時大好きだったゲームのキャラクターを用いて、鉄道会社がスタンプラリーの企画を立てたことがあった。父親も母親も仕事の都合がつかず、しかし、どうしても諦められなくて、達己に付き添ってもらった。あれ以来か。達己は嫌な顔ひとつせず、乗り換えのルートを考えたり、スタンプ台の場所を駅員に訊いたりしてくれた。

自宅の最寄り駅からふたつ目、電車はターミナル駅に停まった。半分近い乗客が下車し、それを上回る人数が乗り込んでくる。中学生と思しき制服姿もちらほら見られた。みんな、肩から大きなスポーツバッグを下げている。自分と同じ学校の女子も発見した。下級生なのか、顔に見覚えはない。それなのに、ごく自然に咲のことが思い出された。

「そういえば、基哉はどういうタイプの女が好きなの？」

「タイプ？」

どきりとした。

「可愛い系とか、きれいな子がいいとか、そういうの。なにかあるだろ」

「ないよ」

基哉はふたたび窓の外に視線を向けた。にやにやと微笑む達己の顔が、窓ガラスに映っている。ないわけないだろー。そのべたついた声に心がささくれ、それよりあの人は今日来るの？　と基哉は切り返した。

「あの人？　誰？」

「五月にさ、ほらお兄ちゃんと」

詳細を基哉は濁したが、ああ、と、達己はあっさり頷いた。

「来ないよ。あの子、ストレイトを辞めたから」

「辞めたの？」

「辞めたよ」

達己の顔からは表情が消えていた。筋肉が、皮膚が、頭蓋骨を覆うだけの層になっている。基哉は唾を飲み下した。どうやら触れてはいけないところに触れてしまったようだ。

「なんかさ、俺とのことをすげえ後悔してるらしいよ。知らねえよって感じだけど」

「あ、うん」

「互いの合意の上でそういうことをしておいて、なあにが後悔だよ。俺たちはもう大学生なんだし、別に付き合うっていうわけでもないのにさ。っていうか俺だって、あいつとなんか付き合いたくねえよ。彼女にするなら、もっと可愛くて頭のいい女を選ぶっつうの。誰があの程度で妥協するかよ」

達己の声は次第に大きくなり、近くの中年の男が忌々《いまいま》しそうに舌を打った。基哉は達己のＴシャツを軽く引いた。なに？　首を傾げた達己の口角には泡が溜まっていた。なんでもない。基哉は首を横に振る。アナウンスが間もなく次の駅に到着する旨を告げた。緩やかに滑らかに、電車のスピードは落ちていく。

サッカー場や野球場、テニスコートに、野鳥の森までを有する巨大な公園だった。よく手入れされた広い芝生が、夏の日差しで白く光っている。ほどよく茂った木々が人の声を吸うのか、幼い子どもが近くを走り回っているわりに、あたりは静かだった。

「基哉、それ取って」

「これ？」

「いや、その隣のカボチャ」

アウトドアテーブルにまな板を置き、基哉と達己はバーベキューの下ごしらえをしている。午前八時十分、基哉たちは公園の駐車場に到着した。八時半にバーベキューエリアがオープンすると、まずはコンロやタープやテントを組み立て、何枚ものレジャーシートを地面に敷き、三十人が集える面積を確保した。それから一人を留守番に残し、四人で最寄りのスーパーマーケットに向かった。開店と同時に店に入り、肉や飲みものなどを片っ端からカゴに突っ込んでいく。なにをどのくらい買えばいいのか、誰も加減が分からなかった。

基哉と達己が野菜を切ったり下茹でしたりしているその後ろで、あとの三人は談笑しながら缶飲料を呷《あお》っている。タープの下のチェアに体重を預け、気持ちよさそうだ。金髪と、サングラスと、煙草《たばこ》。名前が覚えられず、基哉は胸中でこう呼んでいる。運転係のサングラスが手にしている缶は、さすがにノンアルコール飲料だったが、金髪と煙草は堂々と発泡酒を飲んでいた。未成年は自己責任で、というのが、ストレイトの方針のようだ。達己の手元にも缶チューハイがあった。

背後で一際大きな爆笑が起こった。単純に面白いことがあったのか、それとも他人を嘲《あざけ》る快感の果てかは、声の質ですぐに分かる。肩を強張らせた基哉の横で、達己もまた、顔の筋肉をわずかに引き攣らせていた。三人が馬鹿にしている対象は自分でも達己でもなかったが、人としての尊厳をすり潰すようなこの声音が、基哉はひどく苦手だ。吐き気を堪《こら》え、ピーマンを縦に切った。

「いやあ、ごめんねー、島田ブラザーズに下準備を任せちゃって」

金髪が首元を掻きながらやって来た。クーラーボックスを開け、発泡酒のおかわりを出している。顔はすでにほんのりと赤い。金髪の腕や脚は、硬そうな筋肉で覆われていた。長らくスポーツをやっていたような力強さが、全身にみなぎっている。

「いいっていいって。先輩たちが来るまで飲んでなよ」

「悪いな」

「俺のほうこそ、車の免許はないし、テーブルとかチェアを組み立てるときも足を引っ張ってばかりで――」

達己が言い終わる前に、金髪はタープ下へ戻っていった。そういえば、今日、吉沢《よしざわ》さん来るらしいよ、と彼の発した一言に、まじで？　あの人、辞めさせられたんじゃなかったの？　と、サングラスと煙草が食いつく。数時間前、大学構内で初めて顔を合わせたとき、へえ、これが島田くんの弟、と、三人はいやに粘度の高い視線を基哉に向けた。値踏みされたのだとすぐに分かった。彼らは重いものはすべて達己と基哉に運ばせ、公園に向かう道中も、なんか面白い話してよ、と、達己に無茶を要求し続けた。基哉はやめて欲しかったが、達己本人にそれを厭《いと》う様子はなく、サービスエリアで二人きりになったときには、俺、いじられ役なんだよね、と誇らしげですらあった。

顔に笑顔を浮かべたまま、達己は数秒黙っていた。やがて首に巻いたタオルで額を拭い、さっさと終わらせようぜ、と基哉を見返った。

「そうだね、早く終わらせよう」

「こうしてやってみると、料理も結構楽しいよな」

「まあね」

「俺が包丁を握っている姿を見たら、母さん、腰抜かすかもな」

手先が不器用な達己は、滅多に料理をしなかった。基哉も決して得意ではないが、達己に比べればまともに包丁を扱える。ニンジンの皮を剝き、ナスと玉ネギを輪切りにする。手先を動かしているほうが、早く時間が過ぎるような気がした。金髪とサングラスと煙草は、まだ吉沢というメンバーについて話している。基哉はそれをＢＧＭ代わりに、聞くともなしに聞き続けた。

「風紀を乱すからなんて理由には絶対に納得できないって、あの人、代表に突っかかったらしいよ」

「風紀っ。その単語、久しぶりに聞いたわ」

「吉沢さんが残ろうがいなくなろうが、俺はどっちでもいいなあ。そもそもうちの大学の人じゃないし。っていうか、あの女子大では珍しいタイプだよな」

「俺は残って欲しいわ。可愛いし。なんならちょっと興奮しない？」

「変態かよ、おまえ」

「いや、おまえだってあの動画、観ただろ？　あれは興奮するって。でも、女子がなあ。横溝《よこみぞ》先輩なんか、あからさまに吉沢さんを敵視してるし」

「もともとあの二人は住んでる世界が違うから」

「横溝先輩、意外と保守的だもんな」

じゅわ、と蒸気の音がして振り返ると、じゃがいもを茹でていた小鍋が吹きこぼれていた。基哉はつまみに手を伸ばし、卓上コンロの火を消した。もうもうと立ち上った湯気が、基哉の気管を蒸していく。

「大丈夫か？」

達己の問いに、咳《せ》き込みながら頷いた。呼吸を整え、ちらりとタープのほうを振り返ると、三人は各々のスマートフォンを操作していた。煙草が、あった、これこれ、と、金髪とサングラスに液晶画面を見せる。二人が、おおっと喚声を上げた。

「やばい。これはやばい」

「エロいよな、まじで」

どうしてこんなところに来てしまったのだろう。楽しいかもしれない、新たな人間に生まれ変わるチャンスかもしれないと、どうして考えてしまったのだろう。行きの電車で生まれた後悔は、今や胸の中に充《み》ち満ちていた。基哉は小鍋を持ち上げ、吹きこぼれの被害状況を確認した。じゃがいものでんぷん質は五徳にまで垂れ、白い汚れをこびりつかせていた。

大学生の集団は、まるで一匹の巨大なモンスターだった。とにかく体力があり、ぬめぬめと形態変化する。属性や弱点が目まぐるしく変わり、つかみどころがない。基哉の脳裏では、ずっと人ではない生きものがうごめいていた。大学生の口にする言葉がとても日本語に思えず、咆吼《ほうこう》を聞いているような気分だった。

十一時半を過ぎたあたりから、後発組が続々と公園に姿を現した。どこか斜に構えていた金髪たちとは異なり、島田達己の弟と知るや否や、上級生は興奮して基哉を取り囲んだ。男は皆、余裕を見せつけるような言動で基哉に接し、女はやたらといい匂いを漂わせていた。化粧が施された顔に、アウトドアにはもったいないような小綺麗な服装。ショートパンツやスカートから伸びる脚は熟れたような香りを放ち、笑い方も立ち振る舞いも、同級生の女子とはまったく違った。

彼らは次から次へと基哉に質問を投げかけた。何歳？　どこの高校？　部活は？　お兄ちゃんって、家ではどんな感じなの？　これほど注目されたのは、生まれて初めてのことだった。勢いに気圧《けお》されながら、基哉は懸命に答えた。しかし、十六歳です、と答えただけで、やれ若者だ、やれ思春期だとからかわれ、帰宅部です、と応じれば、もしかしてオタクなの？　と混ぜっ返される。なにをどう口にしても男たちは笑いに繋がるポイントを貪欲に探り、女たちは、若い、可愛いと騒いだ。質問しておきながら、自分のことなど知りたくないのではないか。そう思えてならなかった。

全員で乾杯し、場が盛り上がり始めると、基哉はそっと大学生の輪を離れた。バーベキューエリアの隅にあった、切り株を模したベンチに腰を下ろして、大きく息を吐く。基哉がいなくなったことに、大学生たちは気づいていない。奇声を上げたり、食べものを押しつけあったりしている彼らは、周囲の家族連れから迷惑そうな視線を向けられていた。達己は達己で、肉を裏返したり飲みものを運んだりと忙しそうだ。参加者というよりも、裏方に見える。

空の高いところをヘリコプターが飛んでいる。あそこから縄ばしごが垂れてきて、自分を連れ去ってくれたらいいのに。基哉は天を仰いだ。参加を決めたことに対する後悔は、もはや身体を破裂させそうなくらいに膨らんでいる。もう一度、肺が裏返りそうなほどに深いため息を吐き、紙皿に盛られた肉や野菜を口に運んだ。高校生ならいっぱい食べるでしょう、私のぶんもあげる、と女たちから次々によそわれ、皿の上には小山ができていた。熱いうちは美味しかったが、冷めてしまえば牛肉もピーマンもあまり変わらない。基哉は義務を果たす感覚で咀嚼《そしゃく》した。

急に視界が暗くなった。なにも見えなくなった驚きで、うわあっ、と情けない声が口から飛び出す。無我夢中で目の前のものを剝ぐと、それはタオルだった。

「頭に載せておいたほうがいいよ。熱中症になっちゃう」

振り返ると、キャップを目深《まぶか》に被った女が立っていた。帽子のつばと逆光で、顔はよく見えない。基哉がぎこちなく会釈すると同時に女はベンチの前に回り込み、そのまま隣に腰を下ろした。

「島田くんの弟なんだってね」

「あ、はい」

女と目が合った瞬間に基哉が思ったのは、この人は化粧をしていないのか、ということだった。直後、彼女の睫毛《まつげ》が不自然に長く、瞼もほんのり色づいていることに気づいたが、さきほどまで自分を囲んでいた女たちに比べれば、素顔も同然だった。彼女の顔立ちが整っていることにはっとしたのは、さらにそのあとだ。マナーも忘れ、基哉は女を凝視した。透明感のある白い肌、大きな目の中で、黒目が濡れたように光っている。肉厚な唇とは反対に、鼻は小ぶりで顎は細い。派手さはないが、ずっと見つめていたくなるような引力があった。

「名前は？」

「えっ？」

「名前。名字は島田でしょう？　下は？」

「も、基哉です」

「基哉くんか」

女は黒髪をポニーテールに結い、キャップのベルト上部の穴から垂らしていた。鳥の絵のTシャツに、デニム生地のショートパンツを穿いている。露出された肌は化学繊維のようになめらかだ。この半年で急速に無駄毛が増え、夏場は常に汗でぬるぬるしている自分の皮膚と、同じものに思えなかった。

「私は、吉沢二葉《ふたば》」

「吉、沢さん」

どこかで聞いた名前だと思ったが、脳が痺れていて思い出せない。なぜか発音が片言になってしまった基哉に、吉沢二葉は柔らかく微笑んだ。

「二葉さんでいいよ」

「は、はい」

「飲みものは持ってるの？」

「いえ」

缶ジュースはとっくに飲み干していた。すると二葉は、水分はちゃんと摂らないと、と、二本持っていたミネラルウォーターのうちの一本を基哉に差し出した。クーラーボックスから出したばかりなのか、まだ冷たい。礼を言って受け取った。

「どうしたの？　こんなところで」

「いや、ちょっと」

言葉を濁した基哉に、二葉は白い歯を見せた。

「あいつらに面白半分にいじられて、疲れちゃったんでしょう」

「そんなこと――」

「自分のことしか考えてないからね、あいつら。男は女とやることしか考えてないし、女は女で何回も何回も日焼け止めを塗り直して、日陰日陰って喚《わめ》いて、馬鹿みたい。そんなに日に焼けたくないなら、バーベキューになんか来るなっつうの」

鼻から強く息を吐き、二葉はペットボトルのキャップを捻った。喉が渇いていたのか、白い喉を盛大に鳴らし、ミネラルウォーターを飲み干していく。と、ペットボトルに唇を当てたまま、二葉が基哉を見た。その拍子に、唇の端から水がつうっと垂れる。基哉の下半身が鈍く疼《うず》いた。どうしたの、と目で問われ、基哉は自分がまたも二葉を凝視していたことに気づいた。

「基哉くんは、高校生だっけ？」

「は、はい」

「学校はどう？　楽しい？」

楽しいとはどういうことか。基哉は心の中で反問した。尚介や弦と喋っているときには、ごく自然に笑っている。咲の笑顔が見られれば、死んでもいいと思えるくらいに嬉しい。しかし、楽しいかと問われると、どうしても頷けなかった。本当に魅力的なものはすべて強者の世界にあり、自分は所詮、貧しく惨めな場所で、かろうじて喜びを見出しているに過ぎないのではないか。その感覚が拭いきれなかった。

「普通です」

迷った末、基哉はそう返した。

「東京の男子高校生って、友だちとなにして遊んでるの？」

「えっと、ゲームとか」

口にしてから幼すぎたかもしれないと焦ったが、二葉は笑顔で頷いた。

「いいね。私も地元にいたころは、友だちや彼氏の家でよくやったよ。パズルゲームとか、カーレースのやつとか。下手だけどね」

二葉に問われるまま、基哉はゲームについてぽつぽつ話した。最近の流行《はや》りや過去のお気に入り、これからの注目タイトル、メーカーごとの得意不得意など。またなにかやってみようかな、と言う二葉に、基哉は牧場を運営しながら冒険に出るシミュレーションＲＰＧを薦めた。

「ＲＰＧってなんだっけ？」

「ロールプレイングゲームの略で――」

二葉の声には温度があり、基哉を気づまりにさせなかった。尚介や弦といるときも、基哉は聞き役でいることがほとんどだ。こうして声を発し続けたのは、思い出せないほどに久しぶりだった。もともとはあのゲームの派生タイトルだったのが、二作目から独立シリーズになって、と基哉が説明すると、まったく分かんない、専門用語が多すぎる、と二葉はわざとらしく顔をしかめた。すみません、と基哉は謝り、それから二人は顔を見合わせて笑った。

「ゲームのどういうところが好きなの？」

「こつこつやれば、ちゃんと強くなれるところです」

「強くなりたいの？」

「なりたくないですか？」

「強い女は好かれないからなあ。女はね、弱いほうが幸せになれるんだよ」

「そうなんですか？」

「たぶんね」

沈黙が訪れた。基哉は肉を口に運んだ。二葉はペットボトルの側面を指でべこべこと押している。視線は遠く、ストレイトのメンバーに注がれていた。誰かが飲みものをこぼしたらしく、タオルタオル、と、数人が悲鳴を上げている。すかさず達己が駆け寄るのが見えた。基哉の耳が熱くなる。もうやめなよ、と叫びたいのをぐっと堪えた。

「二葉さんは、大学は楽しいですか？」

「全っ然」

自嘲混じりに二葉は言った。

「でも行くよ。絶対に辞めないし、授業にもちゃんと出る。私のことを嫌ってる奴らに負けたくない。別に強がってるわけじゃないんだよ。そう思うと、自然と力が湧いてくるの」

「すごいな」

「今日も私、本当はこの会に誘われてなかったんだ。舐《な》めた態度に腹が立ったから、嫌がらせのつもりで参加してやった」

嫌がらせという単語を、二葉はさも意地悪そうに発音した。どう返せばいいのか分からず、基哉はミネラルウォーターを飲んで間を誤魔化《ごまか》した。そのうちにトイレに行きたくなり、二葉に声をかけ、そそくさとベンチを立つ。公衆トイレで用を足し、手を洗って外に出た。すると、男が一人、競歩のような足取りで正面から近づいてきた。顔を確かめるまでもなく、達己だった。トイレに急いでいるのかと思いきや、

「基哉」

と、達己は手招きした。

「どうしたの?」

基哉は木陰に引き込まれた。達己はこの数時間でだいぶ日に焼けたようだ。赤茶けた顔には、玉のような汗が浮いている。達己の吐く息は酒臭く、基哉はさりげなく顔を横に背けた。

「吉沢さんと随分盛り上がってるな」

「盛り上がってるってほどではないけど」

「ちょうどよかったよ」

「どういうこと?」

基哉は達己の顔を見返した。

「あの女さ、AVに出たことがあるんだよ」

「えっ」

「去年の話だから、吉沢さんが二年生のころかな。先輩から聞いたんだ。AVに出演したことが広まって、それがきっかけで、彼女、ストレイトで孤立してるらしい。まあ、気の強い人で、もともとあんまり馴染んでなかったみたいだけどな」

達己になにを言われたのか、達己はなにを言いたいのか、AVという単語に衝撃を受けた頭では、嚙み砕いて考えることができなかった。基哉はぼんやりと達己の顔を見つめた。額から垂れた一滴の汗が、眉毛に絡まり動きを止める。達己はしばらく鬱陶しそうに眉を掻いていたが、やがて手を止め、大きな前歯を剝き出しにした。

「頑張れよ」

「なにが?」

「AVに出てた女だ。上手く口説けば、やらせてもらえるかもしれないぞ」


ベンチに戻り、ありがとうございました、と預けていたペットボトルを受け取った。ミネラルウォーターを口に含む。そのときだった。

「私のこと、誰かからなにか聞いた?」

水が気管に入りかけ、基哉はむせた。激しく咳き込む背中を、ごめんごめん、と笑いながら、二葉が上下に擦《さす》る。ペットボトルを握っていたからだろう、二葉の手のひらは冷たかった。背中のひんやりしたところを目がけ、基哉の意識が一直線に解き放たれる。手の形、柔らかさ、動き。身体の中心に火が点りそうな予感に、基哉は密かに慌てた。

「だって、トイレに行く前と今とで、態度が全然違うんだもん。分かりやすいなあ」

「す、すみません」

ようやく咳が治まり、基哉は呼吸を整えた。二葉の手が背中を離れたこと、声が怒っていないことに、ひとまず安堵を覚える。しかし、気を抜けばせっかく消えかけた火を煽《あお》るような想像を、脳が勝手に繰り広げそうだ。二葉の姿がなるべく視界に入らないよう、顔を正面に固定した。

「あの話、本当なんですか？」

「うん、本当。大人数の企画ものに、二本出ただけだけどね」

こともなげだった。基哉は息を呑んだ。基哉が初めてアダルト動画を観たのは、二年前。インターネットの世界にはその手の画像や動画がごろごろ転がっていると弦から聞き、家族がいない隙を見計らって、リビングのパソコンで検索した。閲覧履歴は必ず消去するよう教えてくれたのも弦だ。弦は自分専用のパソコンを持っている。三人の中で、最もネットゲームに詳しいのも彼だった。

「あの」

「なんでしょうか」

「どうして……その、あれに出ようと思ったんですか？」

「お金が、欲しかった、からだよ」

一言一句を、二葉はやけに丁寧に発音した。

「ああ、お金」

納得と共に、不躾《ぶしつけ》な質問をしてしまった後悔が胸に湧いた。自分の家が裕福なことは、なんとなく分かっていた。中学受験を希望したときも、親は学費について一言も触れなかった。二葉は

そんな基哉を嘲笑《あざわら》うように、

「私、鞄が欲しかったの」

「鞄？」

「ブランドものの、ちょっと高いやつ。でも、仕送りと奨学金とバイト代で生活はぎりぎりで、まあ、ぎりぎりやっていけるだけでもありがたいんだけど、だからこそ、臨時収入みたいなお金が欲しかったんだよね。AVも、よっぽどの売れっ子以外は、実はそんなにギャラは高くないんだ。それでも、鞄を買うのには充分だから」

顔を正面に据えるのも忘れ、基哉は二葉のほうを向いた。視線が重なる。息が詰まる。二葉は基哉を追うようなタイミングで目を瞬き、いたずらっぽく口角を上げた。

「幻滅した？　学費の足しに、とか、親の手術代を稼ぐためだったらよかった？」

「違っ——」

違わなかった。図星だった。基哉は身体を覆い尽くすような羞恥に襲われ、首をひたすら横に振った。二葉の口調は軽やかだったが、彼女を傷つけたという手応えがあった。震える声で謝罪した。

「す、すみません」

「基哉くんは、本当に正直だね」

二葉は小さく首を傾けた。束ねられた髪が彼女の肩に触れ、さらりと音を立てる。二葉が正面に向き直ったのにつられて、基哉も前を向いた。ストレイトのメンバーは、まだ騒いではしゃいで盛り上がっている。バーベキューコンロからは白っぽい煙が上っていた。

「みんな、勝手だからさ。親に高い鞄を買ってもらってるような女ほど、私を汚物みたいな目で見るし、今どきＡＶくらいたいしたことじゃないよってほざく男ほど、だったら自分ともセックスできるだろうって、なぜか考える。寂しかったんだね、とか、女にも性欲はあるよね、とか、くだらなすぎて吐きそうになるよ。お金が欲しかったからちょこっと出てみて、そうしたら思っていたよりも大変だったから、辞められるうちに辞めた。それだけ。別に汚くも可哀想でもない。馬鹿にしないで欲しい」

　手を摑まれ、患部に指を押しつけられたみたいだった。生乾きの傷の感触に、基哉の呼吸は浅くなる。じゅくじゅくで、まだかさぶたになっていないことが明白な手触り。反射的に謝罪の言葉を重ねていた。二葉はゆっくりとかぶりを振った。

「私こそ、高校生相手に大人げなかったね。ごめんね」

「違います、僕が失礼なことを言ったから」

「ううん。真剣に話を聞いてもらえて嬉しかった。ということで、はい、仲直り」

　差し出された二葉の手を、基哉は恐る恐る握った。手のひらを合わせてから、先に汗を拭っておくべきだったと、また泣きたくなる。恥ずかしさと申し訳なさで、さらに発汗するのが分かった。二葉がやにわに手を離した。

「基哉くんが薦めてくれたゲームって、なんだっけ？」

「えっ」

「タイトル。忘れちゃった。ゲーム機はどれを買えばいいの？」

「あ、えっと、それは」

もう手は離れたはずなのに、手のひらのぬらぬらがまだ消えない。基哉はつっかえながら、携帯ゲーム機とソフトの名前を答えた。ちょっと待って、と、二葉がスマートフォンを取り出し、入力を始める。メモを取っているようだ。

「ねえ、連絡先を交換させてくれない？　あとから訊きたいことが出てくるかもしれないから」

「あ、はい」

またゲームをやりたいというのは、社交辞令ではなかったのか。驚きつつも、基哉もスマートフォンを取り出した。電源ボタンを押し、スリープモードを解除する。基哉の手元を見ていたらしい二葉が、あ、可愛い、と声を上げた。

「もしかして、基哉くんの家で飼ってるの？」

基哉は待ち受け画像をむくげとさくらの写真にしていた。日ごろは互いに無関心だが、ごくまれに、二匹でじゃれあったり、くっついたりしていることがある。そういうとき、基哉はすかさずスマートフォンで写真を撮った。この、むくげを枕にさくらが眠っている一枚は、家族全員のお気に入りだ。母親のスマートフォンの待ち受けにも設定されていた。

「そうです。犬のほうはもうおじいちゃんで、猫はまだ一歳半です」

「ご両親も動物好きなんだね」

「うちの親は、動物病院をやっているので」

「えっ、獣医なの？　すごいね」

もっとないの？　と催促する二葉に、むくげとさくらの写真だけを集めた画像フォルダを開いて渡した。基哉のスマートフォンの画面をスワイプしながら、可愛いね、と二葉は目を細める。

そうなんですよ、と応える声が弾んだ。尚介や弦にペットの写真をひけらかす機会はまずなく、むくげとさくらの愛らしさを家族以外に伝えられたことが、基哉には堪《たま》らなく嬉しかった。特にさくらのことを、基哉は宇宙一可愛いと思っていた。

「名前は？」

「犬がむくげで、猫がさくらです」

そう答えたとき、達己がこちらに向かって腕を振り回しているのが見えた。戻ってこいと合図しているようだ。二葉も気がついたらしく、呼んでるね、と、つばを摑んでキャップを被り直した。

「なんだろう、片づけにはまだ早いよね」

「買い出しとか？」

「あ、誰か新しく来たみたい。あれ、ＯＢだ。また乾杯するんじゃない？　面倒くさいな」

「とりあえず行きましょう」

「そうだね」

二人はベンチから立ち上がった。芝生に色濃く刻まれたふたつの影も、同時に足を伸ばした。

冷風が頰を撫でる。意識を取り戻したかのように、エアコンが風力を強める。鳥肌が立つほど冷えたリビングには、色っぽい息づかいが響いていた。液晶テレビの中の女キャラクターは、高いところから飛び降りたり、敵からダメージを食らうたび、湿り気のある声を出す。彼女の露出度の高い衣装と妙に官能的な発声は、ゲームの情報を集めたサイトでも噂になっていた。弦が男ではなく女を主人公に選んだのは、この肉感的な身体と声が目的ではないか。基哉はそう踏んでいる。本人は、女のほうが身軽で操作しやすそうだったから、と言い張っているが。

テレビの前のローテーブルには、問題集と筆記具が、うち捨てられたかのように並んでいた。基哉たちが宿題に取り組んでいた時間は、結局三十分にも満たなかったことになる。問題集を二ページほど終わらせたところで、三人は休憩と称して、携帯ゲーム機の通信プレイを始めた。それ以降は宿題に戻っていない。今は基哉と尚介が菓子を食べ、弦は一人で、先週祖父母に買ってもらったという新作を進めている。

スナック菓子が噛み砕かれる音に、ゲームのBGM、そして、コントローラーのボタンがクリックされる音。これこそが夏休みだと基哉は思う。いけっ、と弦が叫んだ。右から来てる右から来てる、と尚介が注意を促している。

終業式からすでに二十日が経っていた。基哉は母親の外出に付き合わされない限り暇だったが、尚介は美術部に、弦は卓球部に所属していて、夏休みも忙しい。加えて、二人は短期の夏期講習にも申し込んだらしかった。スマートフォンのグループトークで毎日のようにメッセージをやり取りし、三人の空白がやっと重なったのが今日だった。

休日に遊ぶときには、こうして弦の家に集まることが多い。尚介の家には二人の妹がいて落ち着かず、基哉の家は、弦が猫アレルギーのため入れないのだ。弦の家は豪邸だ。門から玄関までの距離は二十メートルにも及び、地下室もあるという。親が共働きであることは基哉も知っていたが、なにをやっているかは聞いていない。母親は尚介や弦の家庭環境に興味を示していたが、親の仕事など、基哉たちのあいだで話題に上ることはなかった。むしろ、四組の伊藤《いとう》さんのお父さんは弁護士なんだって、と、基哉ですら顔の分からない同級生の情報を入手しては楽しそうな母親が理解できなかった。

弦の家は、天井から壁や床までとにかく白く、家具家電の類いは黒光りしている。壁のように巨大な液晶テレビの中だけが、色に溢《あふ》れていた。女主人公が次のフィールドに進み、画面が暗転する。だらけた自分の姿が代わりに映り込んだ。

大型モンスターを一匹仕留めたところで、弦はゲームを中断して立ち上がった。

「あー、ぎりぎりだったあ。あと一撃食らってたら死んでたよ。そうだ、マ……お母さんがアイスを買っておいてくれたんだけど、食べる?」

基哉と尚介の返事を待たず、弦はキッチンに入った。今の間は、おそらくママと言いかけたのだろう。自分の母親をママと呼んだがために、あだ名がマザコンになった男子を、基哉は二人知っている。弦が冷凍庫から出したアイスは、紙のカップにブランド名が箔押しされ、見るからに高級そうだ。うまそう、と尚介がさっそく蓋に指をかける。基哉も手をつけた。

「暇だなあ」

「暇だねえ」

「みんな、なにしてるのかなあ」

「なにしてるんだろうねえ」

「木村《きむら》くんは沖縄に行くんだってさ。友だちに話してた」

「沖縄かあ。もうすぐ修学旅行で行くのにねえ」

尚介と弦のやり取りに、基哉は咲を思い出した。咲は家族で一週間ほどパラオに行くらしい。

終業式の日、咲と鈴花の会話に聴覚を研ぎ澄ました結果、得た情報だ。水着着るの？　と訊かれ、一応持ってくよ、と咲は答えていた。基哉の中学校にプールはない。夏の体操服以上に露出した咲を、基哉は知らない。自分が弦の家で怠惰に過ごしているこのあいだにも、咲は水着で真っ青な海に揺られているかもしれない。遠いな、と思う。パラオが別の星の名のようだ。

「あの、さ」

アイスを食べ終えた尚介が、スプーンでカップの底を引っ掻きながら小声で尋ねた。

「コスプレって、知ってる？」

「アニメやゲームに出てくるキャラクターの服を、自分も着てみる、みたいなやつでしょう？」

弦が答える。頬の肉に押し上げられた目は、声を急に潜めた尚介を不思議そうに見つめていた。

あれの衣装って、自分で作ってるんだよね、と基哉は弦の意見に付け足した。

「写真とか、見たことある？」

「あるよ」

「じゃあさ、このキャラクターのコスプレも見たことある？」

右手にスプーンを持ったまま、尚介はテレビを指した。画面には、一時停止によって動きを縫い止められた女主人公が、剣を片手に荒野に立っていた。赤いビキニのような布を胸部に身に着け、下は黒のショートパンツにブーツという装いだ。白く豊かな胸の谷間も、ややむっちりとした腹や太腿も、はっきりと剝き出しである。生身の人間がこの格好をしているところを、基哉は上手く想像できなかった。

「この服を着ている人がいるの？」

弦の声にも動揺が染み出ていた。テレビに顔の正面を向け、女主人公を凝視している。尚介は空のカップの底をなおもスプーンで掻いて、

「そうそう、いるんだよ。いや、弦にさ、なにかいい情報を伝えられたらと思って、俺、このゲームの攻略法を検索してたんだ。そうしたら、コスプレの写真を偶然発見して」

「へ、へえ」

弦がぎこちなく頷いた。キャラクターを静止させても、ゲームのＢＧＭは流れ続けている。荒野の風景に相応《ふさわ》しい、かすれた笛の音が鼓膜にくすぐったかった。基哉はアイスの最後の一口を食べた。なめらかな白い塊は、あっという間に舌の上で液体に変わった。

「見てみる？　あ、いや、俺はどっちでもいいんだけど、装備品のクオリティが高いから、面白いと思うよ」

「あ、え、あ、どうする？」

弦が基哉を振り返った。その顔は早くも高揚している。僕もどっちでもいいよ、と基哉は答えた。ちょっと待ってろよ、と尚介がテーブルの上のスマートフォンを摑む。彼が目当ての画像を見つけるまでの一、二分間、広いリビングに奇妙な緊張感が漂った。

「あった。なあなあ、これ、すごくない？」

尚介が突き出したスマートフォンの画面には、金髪のかつらを被り、カラーコンタクトレンズで目を青くした若い女が写っていた。顔立ちはゲームのものよりだいぶ平たいが、全体の雰囲気は女主人公によく似ている。胸を自分の二の腕で挟み込み、上目遣いに微笑んでいた。ＣＧとは明らかに異なる肌の質感に、基哉はどきりとした。夏に撮影された写真なのか、谷間には細かな

汗の粒が浮き、赤い虫刺されの跡もあった。

「うわあ、すごいね」

弦が熱っぽい声を上げた。

「あと、これとか」

尚介は自慢げに指を滑らせ、次から次に画像を表示させた。彼のスマートフォンを、基哉と弦はそれぞれ左右から覗き込む。女主人公が足を開き、剣を構えている姿を、ローアングルから捉えた写真があった。回し蹴りをしようと片足が振り上げられた瞬間や、なぜか四つん這《ば》いになっているものもあった。

「これって、そういう仕事の人がやってるわけじゃないんだよね？」

「完全に趣味みたいだよ。俺もびっくりしたんだけど、結構いるみたいなんだよね、エロいコスプレをする人って」

尚介はポータルサイトにアクセスし、コスプレと過激というふたつの単語で検索をかけた。特定のテーマごとに情報がまとめられたサイトを開く。下着や乳首、臀部の一部が露わになった写真ばかりが表れた。弦が画像を指差し、これ、あれだ、とアニメやゲームのタイトルを叫んでいる。コスプレイヤーが故意に見せつけていると思われるものはほとんどなかったが、こんなに際どい衣装を着てポーズを構えれば、際どいショットを撮られるのは必然だろう。本人も了承しているとのように基哉には思えた。

「な、な、なにこれ。こんなこと、みんな本当に趣味でやってるの？」

「すごいよな。やばいよな」

「なんで？　どうして？」

「さあ。ちやほやされたいんじゃないの」

「ちやほや？」

「可愛くない女でも、脱げばそれだけで男が寄ってくるんだよ」

「そうなんだ……。あ、でもこの子とか、かなり可愛いよ？」

「えー、可愛いかあ？　普通だろ」

三人にとって、アダルト動画は今や特別なものではなかった。それとはまた異なる、女が趣味で自ら露出しているという現象に、尚介と弦は騒いでいるようだ。基哉は二人の会話に耳を傾けながら、AVには鞄を買うために出たと言っていた二葉のことを思い出した。あれから何度か二葉を思い浮かべて自慰をしている。この世のどこかに二葉のアダルト動画があると思うと、我慢できなかった。去年発売された、大勢が出演する企画もの、という手がかりだけでは、タイトルは特定できない。芸名さえ分かればと、悶々とする夜もあった。

吉沢二葉からの連絡は、一切ない。メッセージも届かなければ、電話もかかってこない。あの日、連絡先を交換したのは彼女の気まぐれだったのだと、基哉は自分に言い聞かせている。悲しくはなかった。中学入学を機に買ってもらって以来、尚介と弦、家族の名前しか表示されなかったスマートフォンに女の連絡先が登録されているというだけで、心は華やいだ。ときどき電話帳の二葉のページを開いては、ささやかな満足感を味わっていた。

「この服、透けてない？　透けてるよね？」

「絶対にわざとだよな」

「露出狂なのかな」

小さな画面に映し出される写真を、尚介と弦はまだ熱心に眺めている。タンクトップの脇より見える乳房の横側、ビキニの際から覗く乳輪、スカートの中の鼠径部《そけいぶ》の窪み。でかすぎる小さすぎる黒すぎる汚すぎる、と、あれこれ指摘する尚介の鼻の穴は、大きく膨らんでいる。弦は、今にも唾を飲み込みそうな勢いで顔を迫《せ》り出していた。

基哉は尚介や弦のようには夢中になれなかった。むしろ、二人の熱に反比例して、脳の温度は冷めていくようだ。コスプレイヤーたちを見下すような発言を繰り返しながら、その実、しっかり興奮している。そこに大きなみっともなさを感じた。ああ、そうか。基哉は唐突に納得した。この二人は、家族以外の女、しかも、きれいな女と接点がないのだ。だから、見ず知らずの女の、この程度の露出画像にどうしようもなく喜んでいる。

自分は違う。バーベキューの日、むせた自分の背を擦る二葉の手は柔らかかった。その感触を基哉は反芻《はんすう》する。生温かい感情が胸の中に広がった。


「さーちゃんは今日も可愛いねえ。目が宝石みたいだねえ」

三人で過激なコスプレ写真を見た二日後、基哉は家でだらだらと時間を潰していた。母親に頼まれていた皿洗いとむくげの散歩は済ませた。宿題とゲームのほかにはやりたいことも、やらなくてはいけないこともない。小学四年生のときに通い始めた塾は、どうせ高校受験もないからと、一昨年の夏にやめていた。小学校の同級生も大勢通っていたあの塾は、受験という目標がなければ一秒も身を置きたくない場所だった。

リビングでさくらを撫で回していると、フローリングに転がっていたスマートフォンが着信を知らせた。発信者の名前を確認するために首こそ捻ったが、出るつもりはなかった。スマートフォンを取ろうと身体を動かせば、さくらが自分の上から降りてしまう。加えて、どうせ母親だろうと踏んでいた。

だが、画面に映し出されていたのは吉沢二葉の四文字で、それを見るなり基哉はばね仕掛けのように上体を起こした。バランスを崩したさくらが、抗議の声を上げてキャットタワーに避難する。さーちゃん、ごめんね、と謝りながら素早くスマートフォンを拾い、画面に人差し指を押し当てた。

「は、はい」

「あの、私、ストレイトのバーベキューで会った吉沢二葉です。突然ごめんね。今、大丈夫かな？」

電話越しの二葉の声は粒が粗かった。すぐ近くで吐かれた息に、耳の縁が柔らかくなるのを感じる。基哉はソファに深く腰掛け、背筋を伸ばした。

「大丈夫ですっ」

最後の最後に舌を噛んだ。痛い、と叫びたいのを懸命に堪える。舌先はじんじんと痺れ、目には涙がにじんだが、努めて冷静を保った。薦めたゲームのことだろうと思いつつ、なにかありましたか？　と尋ねると、

「子猫を拾っちゃって」

と、二葉は答えた。口調が淡々としていたため、基哉はとっさに意味を汲《く》み取れなかった。

「猫？」

「うちのアパート近くの駐車場にいたの。この暑いのに震えてるみたい。動物病院で診てもらおうと思ったんだけど、一番近いところがちょうど休診で……。ねえ、どうしてあげたらいいのかな？　基哉くんなら分かると思って」

基哉は反射的にキャットタワーを見上げた。最上段では、さくらが前足を舐め顔を洗っている。エアコンの効いた部屋で日差しをふんだんに浴びて、毛先は金色に輝いていた。だが、冬の日に段ボール箱から抱き上げたときのさくらはぼろ雑巾のようだった。隣には子猫があと二匹いたが、どちらもすでに死んでいた。この子の呼吸も間もなく止まってしまうのではないか。家に着くまでのあいだ、基哉は不安でいっぱいだった。

「今、どこにいるんですか？」

「私の部屋」

「冷房を緩くかけて、直接風がかからないところに猫を置いてください。でも、身体は温めてあげたほうがいいので、毛布かなにかで猫を包《くる》んで」

「うちには毛布がないんだけど、フリースの膝掛けでもいい？」

「大丈夫です」

気がつくと、基哉はリビングを歩き回っていた。カーペットの上で眠っていたむくげが、驚いたように顔を上げる。どうした？　と優しく問いかけるような眼差し。絶対に死なせない。基哉は指先に熱が点るのを感じた。母親に用事を頼まれたり、むくげやうめやさくらを連れて行ったり、島田動物クリニックには基哉も昔から顔を出していた。動物病院にいる生きものは、おしなべて飼い主から可愛がられている。丸まって怯えていたり、吠えて唸って怖がったりしていても、クリニックの待合室にいるというのは、人から愛情をもって飼育されているということだ。愛されている生きものばかりに接してきたぶん、そうではない動物を見ると、身体中の血がざわついた。

「二葉さんの家って、どこにあるんですか？」

返ってきた駅の名前に基哉は唸った。近ければ父親に診てもらうよう段取りをつけるつもりだったが、電車で三十分はかかる距離だ。弱っている子猫には、かなりの負担になるだろう。素早く次の手立てを考えた。

「僕、今から二葉さんの家に行ってもいいですか？　必要なものを揃えて持って行きます」

「いいの？」

「それが一番早いと思うので」

「ありがとう。住所、メッセージで送るね」

即答だった。基哉はスマートフォンを耳に当てたまま、自室に移動した。片手で外出用の鞄を用意し、財布やパスケースが入っているかを確かめる。二葉のアパートの最寄り駅が、通学定期券の範囲内だったのは幸運だった。

「それで、子猫の目は開いていますか？　歯は？」

「えっと、開いてるし、生えてるかな」

「だったら、生まれてから一ヶ月以上は経ってますね。一応、写真を送ってもらえますか？」

「分かった」

電話を切ったのち、収納部屋に向かい、うめの餌皿や、さくらを外に連れ出す際に使っているキャリーバッグを取り出した。トイレ用の猫砂も、さくらの未使用分を密封袋に入れ替える。大きな紙袋にそれらを詰めると、基哉は自宅を飛び出した。エントランスを抜けた途端、日光が網膜と皮膚を刺す。熱に揺らめくアスファルトへ足を踏み出しながら、絶対に死なせない、と、心の中で再度呟いた。ポケットの中でスマートフォンがメッセージを受信した。

ぴちゃぴちゃと、水音が部屋に小さく響く。人の小指ほどに頼りない舌が、皿のミルクを懸命に舐めている。基哉と二葉は床に腹ばいになり、その光景を眺めた。子猫の舌がミルクに浸かるたび、安堵で息が漏れる。食欲があるなら大丈夫。基哉の父親の口癖だ。大怪我を負っていても、病気でぐったりしていても老いに苛《さいな》まれていても、食べたいという気持ちがあればまだ生きる。今ほどこの言葉を力強く感じたことはなかった。

「ミルクを自力で飲めているので、今日のところは大丈夫だと思います。あとは、ドライのキャットフードを少し持ってきたので、これをふやかしてあげてみてください」

「なにからなにまで、本当にありがとう」

自宅を発った基哉はその足で島田動物クリニックに向かい、猫用のミルクと子猫用キャットフードを分けてもらった。父親には、友だちが子猫を拾ったと説明した。その後、電車に乗り、二葉のメッセージをじっくり読み直した。送られてきた写真には、白黒斑《ぶち》の子猫が映っている。保護した日のさくらと比べると、かなり大きい。生後二、三ヶ月といったところか。鼻と肉球は薄いピンク色で、チェックの膝掛けに包まれ目を閉じていた。早く会いたいと思うほど、電車のスピードがいつもより遅く感じられ、もどかしかった。

　地図のアプリケーションを使い、目的地には迷うことなく辿り着いた。二葉の住まいは古い木造アパートの一階だった。部屋に上がってすぐ、不要の箱はないかと基哉は尋ねた。二葉が探しているあいだに、猫用のミルクを電子レンジで温める。数分後、これでもいい？　と、二葉が引っ張り出してきたのは、平らに解体された段ボール箱だった。大きさは小ぶりで、側面にあたるところに新潟煎餅と印刷されている。基哉はそれを組み立て、膝掛けごと子猫を移した。

　そのころには温めすぎたミルクも冷めていた。鼻先に器を置くと、子猫は足を震わせながらも立ち上がり、躊躇なくミルクを舐め始めた。

「よかった。死んじゃうんじゃないかって、本当に怖くて」

　二葉の目は赤かった。堪えていた不安が、ここにきて一気に噴き出したのだろう。今にも泣きそうな顔は無防備で幼く、基哉は自分の黒目が泳ぐのを感じた。二葉は大きな音を立てて鼻を啜った。

「基哉くんが来てくれてよかった」

「あ、いや、えっと」

　二葉の一言で、自分がほぼ面識のない女の家に押しかけたことを今更ながらに理解し、基哉は床をのたうち回りたくなった。すり傷だらけで艶のない床と、黄土色の壁。鈍い光を放つ丸い銀のドアノブに、台所と居間を仕切る引き戸の曇りガラス。数秒前まで気に留めていなかったあれこれが、堰《せき》を切ったように意識に流れ込んでくる。ベッドの上ではタオルケットが丸まり、テレビ台には化粧品のボトルが並んでいた。ゴミ箱には、最近発売されたばかりのアイスクリームのパッケージが捨てられている。生々しい生活の欠片《かけら》に、基哉の頭はくらくらした。

「とにかく、この子が元気になってよかったです」

子猫を助けたい一心だったとはいえ、すごいことをしてしまった。首から上が熱くなる。せめて赤くなっていませんように、と必死で願った。二葉が子猫の背を撫でながら、

「でも、動物病院には連れて行ったほうがいいんだよね？」

「はい。なにか持病があるかもしれないし、ワクチンも打たないといけないので」

「分かった。明日連れて行くね」

「あの……二葉さんは、この子を飼うつもりなんですか？」

その友だちが飼えないときには野崎に連絡するように、と、父親から強く言われていた。野崎は父親の大学時代の後輩だ。彼の運営するＮＰＯ法人、ライフブランケットは、飼い主がいない犬猫の引き取り手を探している。一人暮らしの高齢者や、赤ん坊のいる家は原則的に不可能だったり、家族全員で見学に来るよう求めたりと、里親になるための条件がわりと厳しい。父親はその点をとても買っていた。

「だめかな。アパートのほうは、大家さんに頼めば大丈夫だと思う。二階の端の部屋で自分たちも猫を飼ってるの。しかも二匹」

「でも二葉さん、お金が――」

基哉が呑み込んだ先を悟ったらしい。二葉は分かっているというように頷いた。

「猫を一匹飼うと、毎月どのくらいのお金がかかるの？」

「僕も金額までは分からないんですけど、普段はトイレ用の猫砂と餌代くらいだと思います。た

だ、動物は病院代が高いから……」

手持ちはないがどうしても診て欲しい、後日必ず返すから、と懇願し、そのまま診療代を踏み倒す人間がこの世にいることを、基哉はすでに知っていた。父親と母親は動物が好きだ。愛情をもって動物に接している人が好きだ。獣医師は正当な理由なく診療を拒んではいけないと法律で定められているが、それ以前に、弱り切った動物を、自分の怪我や病気ではなく、あくまでペットを治してやって欲しいと頭を下げる飼い主を、基哉の両親は無視できなかった。そうして結局は相手に裏切られるような事態を、基哉は苦々しく思っていた。

二葉は下唇を噛んで黙っていたが、やがて力強く頷いた。

「やっぱり飼いたい。この子と一緒に暮らしたい」

「二葉さん」

「あのときのお金がまだ残ってるから、当分は大丈夫だと思う。次にバイト代が入ったら、基哉くんに薦めてもらったゲームを買うつもりだったんだけど、それは諦めるね。バイトの勤務時間を増やして、毎月ちょっとずつ貯金もする。必ず最期までこの子の面倒を見る。約束する」

立ち行かなくなったら、まさかまたＡＶに出るのか。勝手に想像し、動揺する基哉に二葉は笑った。

「そんな顔しないでよ。もう出ないって。演技でセックスするの、向いてないって分かったから」

「演技、ですか」

今までに観てきたいくつかのアダルト動画が頭をよぎった。汗で照った皮膚、深くひそめられた眉毛、力なく開いた口、反った首、乱れた髪の毛、徐々にかすれていく声。それら、女優の一挙手一投足に、神経がねじ切れそうになったこと。

「演技？」

基哉はもう一度繰り返した。

「そうそう。カメラの位置や時間配分を考えて、体勢とか表情とか、いろいろと工夫しないといけないの。考えていると気持ちよくないし、気持ちよくないのに感じているふりをするのは辛いし、なんでもお金をもらうっていうのは大変なことだよね。あ、寝ちゃった」

基哉が段ボール箱を覗くと、子猫は餌皿の脇で力尽きたように眠っていた。髭が数本、ミルクに浸かっている。二葉は両手を脇の下に入れてすくい上げ、膝掛けの上に子猫を戻した。

「喉、渇いたよね。なにも出さなくてごめんね。麦茶でいい？」

「ありがとうございます」

ちょっと待っててね、と、二葉は台所に立った。一人居間に残された基哉は、目の遣り場に困った。もしかしたら、この部屋のどこかには二葉の出演したAVがあるかもしれない。タイトルを知りたい。自分でも戸惑うほど、激しい焦燥に駆られる。気を紛らわせようと、基哉は眠る子猫に意識を注いだ。ピンク一色だと思っていた鼻に、黒い斑点《はんてん》がある。ほくろみたいだと思った。

両手にグラスを持った二葉が戻ってきた。ひとつを基哉に渡し、

「名前、決めなきゃね」

「名前？」

「この子の名前。基哉くんの家の子は、なんていうんだっけ？」

「猫がさくらで、犬はむくげです」

「むくげって、なに？　むくむくしてるから？」

「むくげもさくらも、植物の名前なんです。一昨年に死んだ猫はうめでした。お母……さんが、全部考えていて」

　母か、せめて母さんと呼ぶべきだったと気づいたときには、おかあ、まで口から出ていた。格好悪い。顔がますます熱を持つ。蒸し焼きにされているみたいだ。基哉は喉を鳴らして麦茶を飲んだ。

「じゃあ、私も植物の名前にしようかな。夏らしいのがいいよね。ひまわりとか、朝顔とか。うーん、呼びにくいか」

　顎に手を当て、ヒントを求めるように二葉は窓を見遣った。基哉もつられて視線を外に向ける。雨染みだらけのブロック塀を挟んですぐ向こうには、小綺麗な一軒家が建っていた。二階のベランダに設置されたエアコンの室外機と、その脇に置かれた青いバケツが目に入る。小さな子どもがいるのか、プラスチック製のカラフルなスコップや熊手も転がっていた。

「あ、ごーやは？」

「ゴーヤ？」

　言われて基哉は、隣家のベランダに面する窓が緑で覆われていることに気づいた。グリーンカーテンだ。基哉の中学校でも一部の窓で実施されている。手のような形の葉と、ところどころにぶら下がる縦長の実は、確かにゴーヤだった。

「違う違う、ごーや。ケーキと同じで、最後を下げて発音するの。そうすると名前っぽいでしょう？　雄だし、ちょうどいいや。ごーや。どうかな？」

　こいつ、雄だったのか、と基哉はまず思った。ミルクや寝床の準備に夢中で、そういえば性別を確認していなかった。ごーやといういかめしい響きと、目の前で腹を上下させて眠る生きものの姿とがいまいち重ならなかったが、名は体を表すとも言う。強い子になってくれたらと、基哉は心から、

「いいですね」

　と答えた。雄ならば、なおさら強く育って欲しかった。誰からも馬鹿にされない、決して負けない雄猫に。

「あとはなにを揃えればいいのかな？　ごーやの世話をするためには」

「あ、そうだ。これ」

　自宅から持ってきた猫砂を渡し、基哉はトイレの躾け方を教えた。与えてはいけない食べものや、爪研ぎや爪切りを選ぶポイントについても説明した。交通事故や糞害のトラブルを避けるため、室内飼いにして欲しいとも訴えた。人に話せるほど猫の知識が身についていた自分に、基哉は驚いた。うめやさくらと過ごしてきた日々や、父親や母親とのちょっとした会話が、自分の中に積もり積もっていたことを知った。

　二葉がはっとしたように顔を上げた。

「そうだ、お金。今日のぶん。交通費とか餌代とか。いくらだった？」

「それは大丈夫です。通学用の定期で来られたので。トイレの砂は家にあったものですし」

「餌は？」

「餌も、おと……ち、父が病院のものをくれたので」

「病院ではいくらで売ってるの？」

「そこまではちょっと分からないです」

基哉がはぐらかそうとしていると思ったのか、本当にい？　と二葉はふざけたように目を細め、

「じゃあ、ネットで定価を調べるね」

と、スマートフォンを手に取った。そして、基哉の感覚よりやや多い金額を差し出した。

「はい、これ」

「本当に、お金は――」

「さっき、ちゃんと育てるって約束した。それって、こういうことじゃない？」

基哉はもう拒めなかった。

「それよりも、またごーやに会いに来てね」

「いいんですか？」

「もちろん」

病院に連れて行くのに必要なキャリーバッグは、当面貸しておくという話で落ち着いた。兄経由で返してくれても大丈夫だと基哉が言うと、二葉はなぜか不満そうな顔になった。つれないなあ、と呟かれたが、基哉には理由が分からなかった。二葉は達己とあまり話したくないのだろうかと思った。

頃合いを見計らって暇《いとま》を告げた。駅まで送っていくとの二葉の申し出は、ごーやのそばにいてあげてくださいと断りを入れた。しかし、だったらせめてそこの角まで、と言い張られ、結局一

緒に表へ出た。気管を塞がれるような熱気に嘆息する。外は最も暑い時間帯に差し掛かっていた。蟬《せみ》の鳴き声がにぎにぎしい。二人はなるべく日陰を選んで歩いた。

「今日はこのあいだと随分雰囲気が違うね」

二葉の一言に、基哉は自分の身体を見下ろした。うわっ、と声が出る。朝、着替えたときのまま、ドラゴンの絵が描かれたTシャツと、立体的なポケットがついた迷彩柄のハーフパンツを着ていた。どちらも母親が買ってきたものだ。今まで特に疑問を抱いたことはなかったが、バーベキューの日に達己から借りた服を思い起こせば、今日の格好が恐ろしいほどに冴えないことはよく分かった。

「す、すみません」

「どうして謝るの？　基哉くんって、高校生なんだよね？　何年生だっけ？」

冷たい汗が全身から噴き出した。基哉は俯き、

「実は中学三年生なんです。すみません」

と、重ねて詫びた。

「えっ、中学生？　大きいね」

自分との身長差を確かめるように、二葉は水平にした右手を、基哉の額あたりにかざした。甘えているようにも見える上目遣いと、Tシャツの襟ぐりからのぞく華奢《きゃしゃ》な鎖骨、そして自分のものとは明らかに違う汗の匂いに、基哉の胸は苦しくなった。どれだけ想像しても決して近づけない、生の気配に触れた気がした。

「でも、言われてみると、もう中学生にしか見えないかも」

「そ、そうですか」

「だって、この世界はクソだって思ってるでしょう？そんな顔してる」

大笑いする二葉に、基哉はなにも言い返せなかった。図星とも見当違いとも思え、ただ無言でTシャツの裾をいじくった。二葉は散々笑ったのち、目尻の涙を指先で拭った。

「でも、そっかあ。私、中学生に助けられちゃったか」

「そんな、助けられたなんて大袈裟です。僕、たいしたことしてないんで」

「それ、本気で言ってるの？ 私、そういうの嫌いなんだけど」

二葉は眉間に皺を寄せた。目が冷たい。本気で怒っているようだ。基哉は慌てて謝った。この人といると、自分は謝ってばかりいる。だが、そう思ったところで嫌な気分にはならなかった。分かったならよし、と頷いて、二葉が歩き始める。錆びたカーブミラーのポールの横で、二葉は立ち止まった。

「私、社交辞令も言わないから」

「は、はい」

「またごーやに会いに来てね」

「あ、あ、会いに来ます、絶対に」

「だったら、キャリーバッグは直接返せるよね」

二葉は勝ち気に微笑んだ。

一週間後、基哉はふたたび二葉の部屋を訪れた。やはり麦茶を飲みながら、動物病院の診察結果を聞いた。今のところ、ごーやに健康上の問題はなく、一度目のワクチン接種も無事済んだそうだ。二人が喋っているあいだ、ごーやは小さい体に生気をみなぎらせ、座椅子に挑みかかっていた。

部屋を見回せば、猫用トイレや段ボール製の爪研ぎが新しく設置されていた。全体にものが片付き、ゴミ箱も台所へ撤去されている。きっと、ごーやがひっくり返してしまうのだろう。その光景が容易に想像できて、基哉の頰はだらしなく緩んだ。

その日、基哉は貸していたキャリーバッグを持って帰った。

原稿用紙からシャープペンシルの先を離し、背中を反らして伸びをした。先送りにしていた読書感想文が、ようやく終わった。本に貼りつけた付箋を一枚ずつ剝がしていく。基哉にはどの登場人物の気持ちも理解できない物語だった。仕方なくあらすじを説明して行数を稼ぎ、なんとか規定枚数に達した。もともと評価には期待していない。提出さえできればいい。肩を回しながらリビングに向かった。

「お、いたのか」

「お兄ちゃんこそ。今、起きたの？」

達己はソファに座ってテレビを観ていた。壁の時計は、十一時半を示している。朝食後、基哉はリビングで少しだけゲームをプレイし、十時前には自分の部屋に戻った。達己はそのあと起床したことになる。テレビ画面には、空を自在に飛び回る少年たちが映っていた。映画のようだ。達己の膝の上で丸くなっていたさくらが、基哉に気づいてすり寄ってきた。拾われた恩義を感じているのか、それとも単に一緒に過ごす時間が長いからか、さくらは基哉に一番懐いている。妙に誇らしい気持ちで背中を撫でた。

「今じゃねえよ。四十分くらい前かな。基哉は？」

「部屋で宿題してた。お兄ちゃんが起きたことに、全然気づかなかった」

「集中してたんだろ。えらいな」

「えらくないよ。さすがにそろそろやらないとまずいし」

八月も中旬を過ぎていた。先週も尚介や弦と集まったが、彼らも宿題の進捗は芳《かんば》しくないようだ。それでも顔を合わせれば、つい遊んでしまう。基哉はキッチンに入り、牛乳をグラスに注いだ。文章を練ることに疲れていた脳が、牛乳のほのかな甘みで生き返る。達己が使ったのか、流し台にはグラスがひとつ放置されていた。牛乳を飲んだあとのグラスは最低でも水に浸けておくようにと、母親から再三言われていた。基哉は自分のぶんと一緒に手早く洗った。

「お兄ちゃんは？　今日は出かけないの？」

「今日はオフ。夕方から家庭教師のバイトだけ。基哉は？」

「予定はないよ。宿題くらい」

遊びに行く日がオンなのかと疑問に思ったが、口にはしなかった。

「そっか。大変だとは思うけど、勉強はやっておいたほうがいいぞ。学歴はまだまだ味方になる」

「分かってる」

「俺だって、こうして遊び回るのはせいぜい来年までだな。サークルを通してコネをいっぱい作っておいて、三年生になったら、今度は就活に備えるんだ」

そこまで考えていたのかと、基哉は驚いて達己を見た。

「絶対に一流企業に就職してやる」

声にほの暗さをにじませ、達己は呟いた。告白の動画をばらまかれたことを、達己はとっくに克服したように思っていたが、もしかしたら勘違いだったかもしれない。基哉が相槌に困っていると、達己は立ち上がってキッチンの戸棚を漁り始めた。

「基哉も食う？」

ポテトチップスの袋を手に尋ねる達己の顔は、もうさっぱりしていた。じきに母親が帰宅し、昼食になることは分かっていたが、食べる、と基哉は答えた。ソファに達己と並んで腰掛け、スマートフォンを操作する。二葉からメッセージが届いていた。今日のごーやくん、という文言の下に、写真が貼られている。小さな四角の中で、白黒模様の子猫が四肢を広げてカーテンに貼りついていた。途中で降りられなくなった、との一文に、そっと笑った。

「そういえば」

達己が首を動かした。基哉はスマートフォンの画面をさりげなく隠した。二葉が拾った子猫を助けたこと、以来彼女と毎日のように連絡を取っていることは、まだ達己に告げていなかった。

「なに？」

「夏休みの件、父さんたちから聞いた？」

「聞いたよ。どこか行きたいところはあるかって訊かれた」

二日前の夜、八月の最終週に三日間の夏休みが取れたと、父親から聞いた。本来は、クリニックの盆休みに合わせて両親も休む予定だったのが、入院患畜の容体急変や出産が立て続けにあり、二人揃って対応せざるを得なかったのだ。クリニックのスタッフがそれを気の毒に思い、シフトを調整してくれたらしい。

「おまえ、なんて答えた？」

「その場では思いつかなかったから、考えておくって返したけど」

「あ、よかった。それなんだけど」

達己の手がリモコンを摑んだ。画面と音声が停止する。なにをわざわざ改まって、と基哉は身構えた。

「父さんと母さんだけで旅行に行ってもらおうぜ」

「えっ、僕たちは留守番ってこと？」

「そう。親がいなくても、三日間くらいなんとかなるだろ」

「そりゃあ平気だとは思うけど」

家族旅行が年々楽しみではなくなっていることに、基哉自身も気づいていた。同級生が嘆くほど嫌ではないが、とにかく気が重い。特に温泉は、父親や達己からさりげなく身体の発達を観察されているようで、かえって疲れそうだ。それでも今年はないのかと思うと、寂しさが軽く胸をかすめた。

「絶対に喜ぶよ。あの二人、仲いいし。久しぶりに夫婦水入らずでさ」

「夫婦水入らずかあ」

母親の実家近くの動物病院に、父親が研修医として勤め始めたのが、二人の出会いのきっかけだった。実家の老犬が危篤に陥った際、最期まで全力を尽くしてくれたのが父親だったそうだ。そんな馴れ初めだからか、二人は仲がいい。一瞬、父親と母親のセックスを想像しかけ、基哉は急いで思考回路を切り替えた。小学校低学年のころ、犬猫の交尾について説明を受けたときには、自分の両親が子どもを授かるまでの過程など考えもしなかった。その後、保健の授業で学んだセックスは非常に無味乾燥なもので、照れや恥の挟まる余地がなかった。基哉がセックスの真相を解したのは、自慰を覚え、アダルト動画の存在を知ってからだ。今はまだ、両親の性行為を怪談のように感じている。本当のこととは、簡単には信じられない。嫌悪感や恐怖心も拭いきれなかった。

「父さんと母さんには、俺から言っておくよ」

「分かった」

「それで、さ。旅行の一日目か二日目の夜に、ストレイトの奴らをうちに呼んでもいいかな？」

「どういうこと？」

声が尖ったことに気づいたが、基哉はそのまま続けた。

「お兄ちゃん、それが目的だったの？」

「違《ちげ》えよ。夫婦で旅行に行かせてやろうっていうのは、正真正銘、あの二人を思いやってのことだよ。ただ、前々から俺の家に行ってみたいって、ストレイトの連中に言われてたんだよね。ちょうどいい機会かな、と思ってさ」

それは断じて好意的な感情からではない。にたにたと粘ついた彼らの好奇心が、達己はどんな生活をしているのか知りたがっているだけだ。なぜ嘲笑されていることに気づかないのか。バーベキューの日、小間使いのように動き回っていた達己を思い出し、基哉の心は毛羽立った。目を覚ませと言ってやりたかった。

そんな基哉の表情をどう捉えたのか、達己は鷹揚《おうよう》に笑った。

「大丈夫だって。そんなに大勢は呼ばないから」

玄関のドアが開く音がして、ただいま、と母親の声が響いた。眠っていたむくげが起き上がり、大きく伸びをする。おかえり、とやたら声を張る達己に、基哉は彼の申し出が確定されたことを悟った。


全身の毛が逆立った。

達己に先導され、男がリビングに姿を現した瞬間のことだった。室内は歓声に沸き、束の間興奮状態に陥った。男は余裕に満ちた足取りで部屋の中ほどまで進むと、これワインね、ちょっと冷やしたほうがいいかも、と、達己に紙袋を手渡した。体格は小柄で、中性的な顔立ちだ。ポロシャツの袖から伸びる腕は白く細い。彼のなにが自分を脅かすのか、基哉には上手く理解できなかった。鶏卵大の痣《あざ》が、こめかみ近くに貼りついている。特徴といえば、それくらいか。だが、よく見なければ分からないほど痣は薄かった。

「これが島田の弟?」

男と目が合った。基哉は喉を摑まれたような威圧感を覚えた。男の双眸に広がる無。この人は、怖い。理屈を飛び越えたところでそう感じた。

「そうですそうです。基哉、ちゃんと挨拶しろよー。その人、俺の憧れの進次《しんじ》先輩。前に話したことあったよな?」

冷蔵庫にボトルを押し込みながら、達己が叫ぶ。酔いが回っているのか、声量と呂律《ろれつ》が怪しい。

進次は達己の同級生から缶ビールを受け取ると、

「島田はいちいち大袈裟だな」

と、薄く微笑した。

「大袈裟じゃないっすよ、本心ですって」

「分かった分かった」

そう言って頷きながらも、進次は基哉から目を逸らさない。潰されそうな圧力に耐えかね、基哉は会釈することで視線をずらした。

「島田基哉です」

「いくつなの?」

「十六歳です」

「へえ、高校生か」

島田家を訪れたストレイトのメンバーには、バーベキューに来ていたサングラスと煙草の姿もあった。面倒ごとを避けるため、基哉は仕方なく年齢を偽り続けている。もう中学生にしか見えないと二葉には言われたが、真実に気づきそうな人間は、この場にはいなかった。

「基哉くん、彼女は?」

タブを起こし、進次は缶ビールに口をつけた。

「いないです」

「どうして？　女に興味ないの？」

「どうしてって――」

　できないからに決まっている、この容姿で分かるだろうとの反論が、喉元まで迫り上がった。てっきり皮肉かと思ったが、進次の眼差しは無のままだった。強者が弱者をいたぶって遊ぶときの、あの喜びがない。基哉は黙った。恋人とはその気になれば簡単に作れるもので、今現在自分にいないのは、単に努力不足が原因なのか。混乱する基哉の眼前で、キッチンから戻ってきた達己が進次を輪の真ん中に押し込んだ。何度目かの乾杯が始まる。グラス同士がぶつかった拍子に酒がこぼれ、あーあーあー、と誰かが嘆いた。

　基哉の両親が道後《どうご》温泉へ出発したのは、昨日の明け方のことだった。夫婦水入らずの旅行という息子たちの提案を、二人は想像以上に喜んだ。父親はガイドブックを買い込んで計画を練り、母親は数日をかけて兄弟のために料理のストックを作ったり、自分の洋服を新調したりして旅行に備えた。やっぱり僕も行く、と基哉が言い出すことは、もはや許されそうになかった。

　そして今日、男ばかり十人が家に集まり、夕方から宴会が始まった。これも社会勉強だ、二時間でいいから付き合え、と達己に言われ、基哉もジュースを飲んでいた。ローテーブルと床には、宅配ピザやパックに入ったままの刺身、母親が作り置きしていった惣菜などが、所狭しと並んでいる。脂の匂いに煙草の煙が混じり、息を吸うたび、気管に汚れがこびりつくようだ。ちょっと一服、と、喫煙者の一人が手元に空き缶を引き寄せた。基哉の親は煙草を喫《の》まない。吸うなら換気扇の下で、との達己の頼みを初めは聞いていたメンバーも、酒が進むにつれて、平気でリビングでふかすようになっていた。

あと十三分。ソファの端に腰掛け、基哉は十秒おきに時計を見ている。最近ストレイトに入会した女メンバーの話題で、達己たちは盛り上がっていた。実はあの子とやったんだよね、と一人が唐突に告白し、周囲がわっと沸いた。

「まじか。おまえ、手、早いな」

「違うって。向こうがすげえ積極的でさ、二人で映画に行きませんかって、ちょっと前にメッセージが来たんだよ」

「うわあ。俺、男慣れしてないタイプだと思ってたのに」

「全っ然。ホテルにもあの子のほうから誘ってきたし」

「で、どうだった？」

「体臭がきつかった。腐った魚みたいだった」

おまえ、それはひどすぎるだろ、と、二、三人が手を叩いて大笑いした。新メンバーの彼女と関係を持ったという男は、事前にシャワーを浴びさせるのに苦労したという話を、妙に誇らしげに語った。進次は顔に微笑を浮かべたまま腕を組み、短く相槌を打っている。その横顔は、話を楽しんでいるようにも、小馬鹿にしているようにも見えた。

あと六分。時計の針に指をかけて回してしまいたいと、基哉は切実に思う。一秒でも早く自室に引っ込み、むくげとさくらを撫でたかった。早々に身を隠したさくらはよかったが、むくげは酔っ払った男たちから何度も人間の食べものを与えられそうになり、大変だった。普段は縁のない煙草の影響も心配で、水やトイレも一緒に、二匹を自分の部屋へと押し込んでいた。

長針が12を越えた。基哉は立ち上がり、達己に声をかけた。

「僕、自分の部屋に戻るね」

「なんだよ。せっかく進次先輩が来てくれたんだから、もう少しいろよ。進次先輩はさ、百人以上の女とやったことがあるんだよ。それで今は、雑誌のモデルと付き合っててさ――」

「そいつとはもう別れたよ」

「えっ、別れたんすか？　モデルと？」

「うん、飽きた」

「飽きた？」

「島田、おまえ、声でかい」

「すみません、なんか興奮して」

「モデルモデルって、そんなに騒ぐなよ。女なんて、所詮は穴なんだから」

「あの、僕、宿題が残ってるから」

　重力を振り切るようにその場を離れた。途端に背後で上がった笑い声は、自分を馬鹿にしているかのようだ。唇を嚙み締め、自室のドアを開けた。ベッドに寝そべっていたむくげとさくらが、同時に頭をもたげる。その光景に、ぬるい涙がにじんだ。一度だけ大きく鼻を啜った。

　ドアは隙間なく閉めたはずが、リビングの会話は筒抜け状態だった。基哉はイヤホンを装着し、携帯ゲーム機のスイッチを入れた。しかし、まったく集中できない。気がつくと指が止まっている。鼓膜が痛くなるまで音量を上げても、彼らの声が聞こえてくる気がしてならない。女。セックス。ホテル。体位。痛恨の一撃を食らい、仲間の一人が戦闘不能になったところで、基哉はゲーム機の電源を切った。

「いやいやいやいや、その状況で拒むなんて、そいつありえないわ」

「だろ？　こっちはちゃんと外で出すって言ってるのにさ、絶対に無理とか言い張るわけ」

「うぜえな。女はピルを飲まなきゃいけないって、義務化すべきだな」

「それ、ぶすには不要だろ」

盛大な笑い声に壁が震えた。もう限界だ。基哉はむくげとさくらをひとしきり撫でたのち、こっそりと家を出た。半分より少し欠けた月が、マンションとマンションのあいだに浮かんでいる。駅に続く道の途中で、これから行ってもいいですか？　と二葉にメッセージを送った。身を寄せられる場所が、ほかに思い浮かばなかった。尚介や弦の家は、ちょうど夕食どきだろう。街をうろうろしていれば、補導されるか、獲物を探している人間の格好の標的になってしまう。去年の夏休み、近所のショッピングセンターで、小学校時代の同級生から小銭を巻き上げられたことが忘れられなかった。

二葉からはすぐに反応があった。私は今からバイトだけど、郵便受けに鍵を入れておくから、勝手に上がっちゃって、と書かれている。行く先が確保された安心感よりも二葉の不用心さに対する不安から、つい早足になった。電車に乗り、すっかり見慣れた駅で降りた。アパートの窓には明かりが灯り、エアコンも稼動していたが、二葉はやはり留守だった。

主《あるじ》不在の部屋で、基哉は三時間を過ごした。猫のトイレを片づけ、水を取り替え、ごーやと遊び、それから持参した携帯ゲームをプレイした。二葉が出演したＡＶを見つける絶好の機会だったが、とてもそんな気分にはなれなかった。基哉は自己嫌悪を覚えていた。進次たちの会話をおぞましく感じつつも、興奮の兆しを見せる自分の身体に絶望していた。自分がどんどん汚れていくような気がした。

いつの間にか、うたた寝していた。進次と二葉がセックスする夢に動揺して目を覚ますと、玄関のほうから音がした。

「ただいま。ごめんね、せっかく来てくれたのに」

台所と居間を仕切る戸が開き、二葉が現れた。

「おかえりなさい」

まだ覚束ない頭で応えた。ここは自宅ではなく、相手も家族ではない。そう気づいたのは、そのあとだった。慌てて、

「すみません、急にお邪魔して」

と、頭を下げた。

「ううん、基哉くんが来てくれて嬉しいよ。ごーやも喜んでると思う。よかったね、ごーや」

基哉は目を擦りながらスマートフォンを確認した。達己からはなんの連絡もない。ということは、弟の不在に気がついていないのだろう。飲み会はなおも続いているようだ。もしかしたら、朝までやるつもりかもしれない。目の前が暗くなった。

「もう少しだけここにいてもいいですか?」

「どうぞ」

二葉は笑顔で頷いた。事情を訊きたそうな素振りも見せず、ビニール袋からプラスチック容器を出して、テーブルに並べ始める。店の残りものだけど食べる? と訊かれ、首を横に振った。容器には唐揚げや揚げ出し豆腐が収まっていた。ごーやがテーブルに上がらないよう、膝の上に

抱きかかえた。

片膝を立てた姿勢で食事をする二葉に、基哉は尋ねた。

「二葉さんは、最近もストレイトのイベントには行ってるんですか？」

「ううん、もう辞めたよ」

「えっ、いつですか？」

「ごーやを拾った次の日に、代表に電話して。お金がもったいないんだもん。それに、この半年は嫌がらせのために在籍していただけだから」

箸を口に咥えたまま、二葉は不敵に唇の端を上げた。基哉はほっと息を吐いた。さっきまで自宅リビングに充満していた生臭さを思い出すと、二葉と彼らの縁が切れたことに安堵せざるを得なかった。そういえば、二葉は進次を知っているのだろうか。ふいにそんな疑問が湧いた。大学は異なるものの、二人は同じ三年生だ。二年半近く、同じサークルに在籍していたことになる。基哉はごーやの背中を撫でながら、進次の洞穴《ほらあな》のような目を思い出していた。二葉が彼をどう思っているのか、正直なところ、気にはなる。しかし、その名を口にすることに躊躇《ためら》いがあった。舌先から呪われそうだった。

基哉が逡巡《しゅんじゅん》しているあいだにも、二葉はアルバイト先やごーやについて、とりとめなく語った。今日はアルバイト先の居酒屋が暇だったこと、ごーやが最近壁で爪を研ぎたがり、困っていること、店長の命令で余りそうな鯵《あじ》の刺身をやや強引に客に薦めていたところ、魚アレルギーの男から怒鳴られてしまったこと、猫好きの大家夫婦がごーやを見に来たこと。

「あ、そうそう、去勢手術ってしたほうがいいの？　大家さんから、予定はいつごろかって訊かれたんだけど」

「したほうがいいです」

間髪を容れずに基哉は答えた。

「特に雄は、そのままだとマーキングをしたり、発情期の雌猫に反応して鳴き喚いたりするから大変だと思います。うめもさくらも雌だから、そのへんのところはよく分からないんですけど……。手術をしたほうが防ぎやすい病気もありますし」

生後五ヶ月のときに、さくらは卵巣と子宮を摘出する手術を受けていた。全身麻酔に備えて絶食させなくてはならないのが、飼い主としては辛かった。餌と水を求め、さくらは夜中にみぃみぃ鳴いた。術後につけられるエリザベスカラーにも敵意を剝き出しで、さくら自身にも辛い経験だったはずだ。

「手術って、どういうことをするの？」

自然とごーやの局部に目が向いた。さくらにはない、小さな膨らみがついている。金玉という単語が真っ先に思い浮かんだが、口にする直前に言い換えた。

「雄の場合は、睾丸《こうがん》を取り出すんです、ふたつとも」

それでも顔は熱くなった。手に力を込め、ごーやを撫でることに集中する。だが、基哉の気遣いも虚《むな》しく、

「やっぱり玉を取るのかあ」

と、二葉は平然と言い放った。

「なんだか原始的だよね」

二葉は空の容器を台所に運ぶと、両手にグラスを持って戻ってきた。今日の中身は麦茶ではなく、乳酸菌飲料だった。実家から送られてきたんだ、と、二葉はグラスを揺すりながら言った。家で飲むときよりもかなり薄味だったが、基哉は黙ってグラスを傾けた。

「自分でもネットで調べてみたんだ、去勢手術のこと。メリットとデメリットが分かりやすくまとめられていて、圧倒的に、受けさせたほうがいいっていう意見が多いんだね。病気も防げるし、生殖機能がなくなるから、子どもっぽい性格が長く続いて、可愛いって」

「そういうふうにも言われていますね」

「でもさ、ごーやは一生を家の中で過ごすわけじゃない？　雌を妊娠させる危険はないんだし、だったら手術してまで生殖機能を取らなくてもいいんじゃないかな。私、どうしてもそういうふうに思っちゃうんだよね」

「機能はあるのに機会がないほうが、何百倍も辛いですよ」

二葉は目を大きく開いて基哉を見た。基哉はグラスの残りを一気に飲み干し、分からないですけど、と付け足した。百人以上の女と関係を持ったという進次と、このままセックスを経験しないで死ぬかもしれない自分と。両者の身体には、ほぼ同じ機能が備わっている。写真や動画や妄想や、手では触れられない女で自らを慰め、欲望を紛らわせ続けるであろう自分の人生を思うと、細くて薄暗い道が延々と伸びているような気持ちになった。

「そうかな。可能性がゼロじゃないっていうのは、それだけで幸せなことじゃない？」

二葉は基哉の膝からごーやを抱き上げた。甘い鳴き声が上がる。二葉の腕に移ったことを、ごーやは明らかに喜んでいた。

「ペットの避妊や去勢手術っていうのは、健康な体を人のためにカスタマイズするってことでしょう？　私たちのせいで、ごーやは本能を失う。本当に、そこまでやってもいいのかな」

二葉の言う私たちとは、この部屋にいる二人のことなのか、それとも生きものから生殖機能を取り上げる人間全員を意味しているのか。基哉が返事しあぐねていると、二葉は小さく微笑んだ。

「去勢のこと、もう少し考えてみるね」

日付が変わる寸前に、基哉は二葉のアパートを出た。帰りの電車は空いていた。深く俯いていたからか、中学生だということは誰にも気づかれなかった。自宅のリビングではまだ飲み会が続いていた。基哉は忍び足で自室に入り、むくげとさくらを抱きしめた。人間によって不妊去勢手術を施された二匹は温かく、毛の感触が細胞のひとつひとつに染み入るようだった。

3

夏休みが明けた。

終わっていない宿題に対する嘆きや土産物の交換などで、しばらくは浮ついていた教室の雰囲気も、一週間が経つころには落ち着きを取り戻し始める。通学電車でのポジション確保のコツや、どの授業でどの程度気が抜けるのかといったことへの勘も徐々によみがえり、基哉も日常が戻ってきたことを実感していた。

教室の後方で、今日も啓太たちは騒いでいる。啓太を中心とした男子四人のグループと、咲、鈴花、希海の三人から成る女子グループはもともと仲がよかったが、最近は一層親密さが増した気配がある。どうやら一緒に花火大会へ行ったらしい。その際、みんなで示し合わせて、男子の一人を置き去りにしたようだ。彼をからかうことに、最近の啓太は熱心だった。

「よく言うよ。あのとき泣いてたくせに」

「だから、泣いてないって。あれは目に花火の灰が入ったの」

「また言ってるよ」

「本当だってば」

「咲も見たよな？　こいつが泣いてるところ」

「さあ、知らない」

「だから泣いてないって」

どっと笑い声が起こった。このやり取りを、基哉もすでに五回は耳にしている。それでも咲の反応を見たくて、視線を後ろにずらした。グループ同士が親しくなっても、咲だけは以前と変わらない。自分は鈴花と希海に付き合っているだけだと主張するような態度で、今日もそこにいる。指先から二の腕にかけての肌は、メープルシロップを薄く塗ったようだ。始業式の日、やっぱり日焼けしちゃった、と、ぼやく咲に、基哉は呼吸が止まる思いだった。気高さに精悍《せいかん》さが加わって、ますます大人びて見えた。学校から帰るなり、ついてこようとするむくげとさくらを自室から締め出し、自慰をした。そうして一ヶ月半ぶりに、モンスターが一匹、セーブデータから消えたのだった。

「あ」

基哉の隣で弦が呻《うめ》いた。

「どうしよう、辞書」

「辞書？　なんの？」

一人座っている尚介が、顔を上げて訊き返した。夏休み明けの席替えで、基哉は窓側に、弦は廊下側に、尚介は教室の中央にと散らばった。自然と尚介の席に集まる機会が増えていた。

「英語の。ロッカーに入れたままだ」

「あー」

「ったく。あいつら、本当に邪魔だな」

尚介は舌打ちをした。啓太たちが陣取っているのは、まさに弦のロッカーの真ん前だった。彼らが着席するのを待っていたら、英語の授業が始まってしまう。基哉の学校では、外国人教師が基本的に英語のみで授業を行っていた。三十歳だというアメリカ出身の女教師は陽気な性格で、怖くはない。だが、恋愛関係のジョークを誰彼構わず口にするところがあった。そんなことでは将来パートナーを困らせることになるわよ、というような発言を、基哉や尚介や弦にも平気で放つのだ。それから身を守るためには、目立たないことがなにより肝心だった。

「今すぐどけよ。っていうか、今すぐ死ね」

尚介が小声で吐き捨てる。先日の始業式にて、校長が、一回りも二回りも大きくなったみなさんにまた会えて嬉しいです、と挨拶した。その言葉を下敷きに、渡辺《わたなべ》は倍に長くなったんじゃない？　と、啓太からからかわれたのを、いまだ根に持っているのだ。気の弱い弦は、どうしようと繰り返すばかりで、早くも涙目になっていた。

基哉はふたたび教室の後方を見遣った。啓太は輪の中心で、腕を組んで笑っている。その姿に、進次の顔が重なった。まるですべての感情が焼き尽くされたあとのような、あの目。啓太たちの傲慢な態度が、急に小粒に感じられた。

「僕が取ってくるよ」

そうだ、今年の夏休みは、自分もいろんな経験をした。大学生とバーベキューに行き、二葉と知り合い、彼女が拾った子猫を助けた。自宅を抜け出し、日付が変わるまで帰らなかったのも初めてだ。それに比べれば、ロッカーの前を開けてもらうようクラスメイトに頼むことなど、なんでもない。尚介と弦の戸惑いには気づかないふりをして、基哉は七人に近づいた。男子の一人が、なに？　と顔をしかめる。なんか怖いんですけど、と希海がはやし立てた。

「堀谷《ほりたに》くんのロッカーから、辞書を取りたいんだけど」

「はあ？」

鈴花は鼻のつけ根に皺を走らせた。

「辞書、英語の。次の授業で必要だから」

「別にそこまで訊いてないんですけど」

「だったら堀谷が自分で取りに来いよ。なんで島田が来るわけ？」

「おまえ、まさか堀谷のパシリなの？」

誰が取りに来たっていいでしょう、と、基哉は淡々と声を発した。嘲笑の輪の中で、啓太は黙ったままだ。無言でにやにやと基哉を見ている。その顔を前にしても恐怖心は湧かなかった。なぜ今まで彼を恐れていたのだろうと、疑問すら覚えた。ただ、すぐ近くに咲がいること、咲の自分に対する視線への、かすかな緊張だけがあった。

「とにかく辞書を取らせて」

「はあ？　誰に言ってんの？」

啓太が小馬鹿にしたように言ったそのときだった。

「有馬くん、どきなよ」

咲が口を開いた。責めているふうではなく、軽く注意を促すような口調だった。一拍を置き、ああ、と顎を引いて、啓太は横にずれた。咲には入学時からどこか聖域めいたところがあった。授業中に答えを間違えても、忘れものをしても、彼女をからかうことは誰にもできない。咲に注意されると、一も二もなく従ってしまう。男子には特にその感覚が顕著だった。咲は女子よりも男子に厳しかった。

「ありがとう」

一応礼を言い、基哉は弦のロッカーに手を入れた。辞書を取り出し、尚介の席に戻る。

「はい」

差し出した辞書を弦はなかなか受け取ろうとしなかった。引き攣った顔ですばやい瞬きを繰り返している。尚介が、冷静さを自分に課しているような口ぶりで、

「なになに？　もっちん、どうしたの？」

「別にどうもしてないよ。はい、弦。これ辞書」

「あ、うん」

ようやく辞書を手に取り、弦がぎこちなく頷く。気がつくと、教室中が基哉を見ていた。空気を震わせてチャイムが鳴る。呪いが解けたようにクラスメイトたちは席に着いた。約半数が着席

したところで、英語教師が登場する。Hello, everyone! と、溌剌《はつらつ》とした声が響いた。

基哉も自分の椅子に座り、教科書を開いた。経験値を積んで自信をつける。いつかの達己の言葉がよみがえった。こういうことだったのか。自信をつければ世界は変わる。視界がほんの少し明るくなったような気がした。


この発見を、基哉は早く達己に告げたかった。しかし、達己の大学は九月いっぱいが夏休みで、最後の追い上げと言わんばかりに予定を詰め込んだ達己は、普段以上に家にいなかった。たまにリビングで顔を合わせても、疲れ果てた達己の目は淀《よど》み、声をかけることは憚《はばか》られた。お兄ちゃんは本当に変わってしまった、と、母親は毎日のように嘆いた。もっと家族を大切にする子だったのに、と。変わることのなにがいけないのか。変わることが許されないなら、弱者は永遠に弱者のままではないか。基哉はそう尋ねたかったが、火に油を注ぐような真似はできなかった。

一方で、学校生活は穏やかに過ぎていった。辞書の一件から十日、啓太グループとの接触は、一切起こっていない。彼らにちょっかいをかけられることも、声をかけられるようなこともなかった。あれはなにかの誤作動だったのだと、尚介や弦も処理したようだ。基哉が小石となって教室に広げた波紋は、緩やかに収束していた。

「ばいばい」

「じゃあね」

「また明日な」

部活に行く尚介と弦と別れ、基哉は昇降口に急いだ。ローファーに履き替える。踵をきっちり収める間も惜しい。今、学校が終わりました、と歩きながら二葉にメッセージを送った。吉沢二葉の連絡先は、堀谷弦と渡辺尚介のちょうどあいだに登録されている。この三人の並びを見るたび、基哉は異様に誇らしげな気分になった。二葉の名前が特別に輝いて感じられた。

校庭の端を通り、校門を抜ける。すると、一方通行の狭い道路を挟んだ先に二葉が立っていた。幻覚か、もしくは時空が歪《ゆが》んだのかと、基哉はとっさに瞬きをした。これから会いに行こうとしている相手が、目の前にいる。状況が呑み込めなかった。

「迎えに来ちゃった」

手を振り、二葉は道路を渡った。これから二葉の家で、ごーやの爪を切る約束をしていた。暴れられて上手く切れない、でもそろそろなんとかしないと爪が当たったときに痛いと相談され、ごーやを抱きかかえている役目を引き受けたのだった。犬や猫の爪を一人で切るのは難しい。爪切りのためだけに、ペットを動物病院へ連れてくる人もいるほどだ。島田家でも、母親と基哉の二人がかりだった。

「わざわざよかったのに」

昨日、学校名と下校時間を訊いてきたのは、このためだったのか。納得しつつ、基哉は二葉と駅に向かった。少し遠回りをして、人気《ひとけ》のない道を進む。何人かの同級生が、ゴシップニュースを眺めるように自分たちを見ていた。二人の容姿の差が、よほどおかしいのだろう。そういう好奇の目から逃れたかった。教師に見つかったら面倒なことになりそうだという気持ちもあった。

「あー、みんな可愛かったなあ」

二葉が言った。

「うちの学校の女子ですか？」

「女子も男子もだよ。自分が中学生のときには、この可愛さに気づかなかったな」

「でも、二葉さんはもてたんじゃないですか？」

「顔の造形の話じゃないの。中学生は、存在自体が可愛いんだよ。本音や真意を隠したくて、でも隠しきれていないところが最高だよ」

まあ、私がもてたことは否定しないけどね、と付け加えて二葉は笑った。

「無敵だったなあ、あのころは。小学校も高校も好きだったけど、私は中学校時代が一番楽しかった」

駅に到着した。改札を通過したのと同時に発車ベルを耳にして、基哉と二葉は懸命に走ったが、電車はもう出発していた。二人は顔を見合わせて息を吐いた。ホームの庇の向こうの空は青く、目に染みるようだ。間もなく十月に入ろうとしているが、秋の兆候は感じられない。基哉は水筒の麦茶を飲んだ。体育の授業に備えて一リットル容量のものを持ってきていたが、もうすぐなくなりそうだった。

「基哉くんは、どんなふうに中学校生活を思い出すんだろうね」

少し考えてみたが、まったく想像がつかなかった。答える代わりに、

「二葉さんは、中学生のころに戻りたいですか？」

と尋ねた。二葉は幼子のように頷いた。

「戻りたい」

「本当に楽しかったんですね」

「楽しかった。田舎だったから、みんな私のことをよく知っていて、毎日がお祭りみたいだった。寂しさなんて感じたことがなかった」

二葉は右足のつま先を地面に打ちつけた。

「もしかしたら、私が戻りたいのは中学校時代じゃなくて、地元なのかもしれないね。私は地元に帰って就職するつもりだったんだけど、親はせっかくこっちの大学に行かせたんだし、それなりにいい企業に入って欲しいみたい。まあ、地元に戻ったところで、職なんて限られてるからね。奨学金を返すことを考えても、給料は少しでも高いほうがいいし」

「地元はどこなんですか？」

「新潟の田舎のほう。いいところだよ。ＡＶでは、秋田出身でーすって言ってたけど」

「どうしてですか？」

基哉の声は裏返った。

「身元を特定されないように、そうする人が多いって説明されたよ。例えば、昔の同級生が偶然私の動画を観て、こいつ、吉沢二葉に似てるなって思っても、出身地が違えば、ああ、別人かってなるじゃない？」

「な、なるほど……」

アダルト動画の世界が虚構にまみれていることに、基哉はまたしても衝撃を受けた。プロフィールも嘘なら、快感に溺れているような反応も嘘。明日にでも尚介と弦に伝えたいと思う。尚介はそんなことはとっくに知っているという態度を取りながら、目を泳がせることだろう。弦は、ええええ、と情けない声を上げるかもしれない。二人の反応が目に浮かぶようだった。

「あとは、年齢や誕生日を変える人もいるよ」

「へ、へえ」

「堂々とプロフィールを偽れるのって、ちょっと楽しいんだよね」

二葉が微笑む。その直後だった。一人の男子中学生が階段を上がってきた。自分と同じ制服を着た奴など少しも珍しくないこの空間で、なぜ彼を注視したくなったのかは分からない。基哉の視線に相手も応え、しばし見つめ合った。啓太の口の片端が小さく上がる。そういえば近ごろは、下校の前に彼の居所を確認することもなくなっていた。

「島田じゃん」

名を呼ばれ、なに、と基哉は応えた。

「もしかして、また奢ってくれるとか？」

そのまま顔を横にずらし、啓太はホームにあった自動販売機を顎でしゃくった。嬉しいなあ、と勝ち誇ったような彼の声音に、急激に顔が熱くなる。啓太は忘れていなかった。スポーツドリンクを奢らせたことを、基哉が自分の言いなりになったことを、ちゃんと覚えていた。鼓動が速くなる。尚介や弦には知られたくないと思ったことまで全部、悟られているような気がした。啓太のほうから漂ってくる満足感に、胃が収縮する。目の奥がずんと痛んだ。

そのとき、二葉が基哉の腕を引き、啓太の前に躍り出た。

「ちょっ、二葉さんっ」

予想外の行動に、基哉は足を踏ん張ることすらできなかった。

「こんにちは」

二葉はアイドルのような完璧な笑みで挨拶をした。啓太の顔が赤くなる。近くに立っていた女と基哉が知り合い同士だったとは、思いも寄らなかったらしい。舌打ちの音が聞こえた。

「君は、基哉のお友だち？」

「クラスメイトです」

冷静さを取り戻した声で啓太は答えた。

「あなたはもしかして、島田くんの彼女ですか？」

誰よりも啓太がそう考えていないことは、皮肉めいた口調から明らかだった。二葉にこの質問を否定させ、恋人がいないことを、いたことがないことを、できる見込みがないことを、基哉に思い知らせようとしている。啓太の思惑に、基哉は唇を噛んだ。二葉がさらに微笑みを深くした。

「そうなの。私、基哉の彼女で、二葉っていいます。基哉がいつもお世話になっています」

「二葉さんっ」

基哉は慌てて二葉の手を引っ張った。一体なにを考えているのか、まったく想像がつかない。二葉は基哉の腕に手を絡ませると、身体をぴったり密着させた。二の腕に二葉の頭が触れる。熱と匂いとこそばゆさに、基哉の混乱は高まった。

「へえ、二人は付き合ってるんですか」

二葉の頭のてっぺんからつま先までを、啓太は無遠慮に眺めた。悔しさがその黒目を横切ったのを、基哉は見逃さなかった。ごめんね、学校の友だちには内緒だったんだっけ？ と二葉が基哉を見上げる。自分の腕が二葉の胸にめりこんでいく感触に、脳が溶けるような心地よさを覚えた。

「夏休みにバーベキューのイベントで偶然知り合って、それから付き合い始めたの。基哉って、学校のことを全然話してくれないんだよね。だから、今日はクラスの子に会えてよかった。あ、ほかの人には秘密にしてね。基哉は照れ屋だから」

「へえ、仲がいいんですね」

「基哉ってね、すっごく優しいの。セックスのときも前戯が丁寧で、いちいち私のことを気遣ってくれるし。ね？」

二葉は基哉に同意を求めた。二葉の乳房にばかり思いを巡らせていた基哉は、ここではっと我に返った。訝しげな啓太の目。二葉の話を、まだ完全には信じていないようだ。眉間のあたりに疑心が見え隠れしている。基哉は腹を括《くく》った。

「二葉さん、クラスメイトにそんなこと言わないでよ」

ありったけの勇気を振り絞り、基哉は二葉に微笑みかけた。二葉は嬉しそうに頷いた。

「そうだよね、ごめんね、恥ずかしいよね。あ、基哉。電車が来たよ」

二葉が指した方向から、銀色の塊が迫ってくる。風圧に二葉の髪がなびいた。黄色い線の内側までお下がりください、と、駅員の鋭利な声が飛ぶ。二人組の中学生が、ホームでふざけていてよろめいたらしい。基哉や啓太と同じ制服を着ていたが、知り合いではなかった。

二葉が啓太に会釈した。

「基哉のこと、これからもよろしくお願いしますね、童貞くん」

「二葉さんっ」

基哉は唖然《あぜん》としたが、啓太も目を見開いていた。唇を震わせ、逃げるように基哉たちと距離を取る。彼が隣の車両に乗り込むのが、視界の端にちらりと見えた。あの子、まだ私たちのことを気にしているはずだよ、と二葉に囁かれ、基哉は乗車後も恋人の演技を続けた。ドアの前に向かい合って立ち、ぎこちなくも顔を近づけては言葉を交わす。基哉から二葉に手を伸ばすことはできなかったが、二葉は一、二度、基哉の腕や肩に触れた。性器の昂ぶりを最小限にとどめることに、基哉の集中力は注がれ続けた。


「さっき、どうしてあんなことを言ったんですか?」

「あんなこと?」

「僕たちが付き合ってるとか、ど、童貞くんとか」

そう訊くことができたのは、ごーやの爪を切り始めてからのことだった。基哉は胸にごーやを抱き、ピンク色の肉球を指先で押した。前足に隠れていた爪が剝き出しになる。半透明の、釣り針のような形だ。このピンク色に透けているところが血管で、と基哉が説明すると、二葉は神妙に頷いた。

「あ、ごーや、動かないで」

「ごーや、ちょっと我慢だよ」

ぷちん、と音がして、一本目の爪が切れる。難しい手術でも終えたような面持ちで、二葉は大きく息を吐いた。そこからは早かった。二本、三本と、あいだを空けずに進めていく。二葉の爪切り捌《さば》きには度胸があった。一度位置を決めると、ほとんど躊躇わずに切り落とした。

両前足が終わったところで、二葉は、

「だって、あの男の子、基哉くんのことを馬鹿にしていたから、頭にきちゃって」

と、言った。やや遅れて、基哉はそれが自分の質問に対する回答だと気づいた。

「だからって、僕たちがその、付き合ってるだなんて、無理がありますよ」

「嫌だった？」

「嫌ではないです。そういうことじゃなくて」

基哉が首を横に振ると、ごーやの体も動いた。だめだめ、揺らさないで、と二葉が悲鳴を上げる。すみません、と基哉はごーやを抱き直した。二葉は右の後ろ足に取りかかっていた。ぷちん、ぷちん、と、テンポよく爪は切られていく。抵抗しても無駄だと悟ったのか、ごーやはすっかり大人しい。

「それに、有馬くんは童貞じゃないですよ」

「えー、あの子は童貞だよ」

俯いている二葉のつむじが、基哉のすぐ目の前にあった。頭皮は白く、うっすら透き通って見える。いい匂いが湧き出てきそうだ。女とは、こんなところまで柔らかそうなものかと、感心に近い気持ちを抱いた。

「キスくらいはありそうだけど、セックスはないね」

「まさか」

入学直後から、啓太と女子の噂は何度も校内を巡っていた。基哉が耳にしただけでも、四人と交際経験があるはずだ。皆、可愛いと評判の女子だった。いずれの場合もすぐに破局話が流れたから、一人と長く付き合ったことはないのかもしれない。それでも、男子だけで着替えるときなど、女は終わったあとが面倒なんだよな、と、経験談のようなものを取り巻きたちに語り、尊敬を集めていた。

「あー、終わった。ありがとう。やっぱり二人でやると全然違うね」

飛び散った爪を粘着カーペットクリーナーで除去しながら、二葉は晴れ晴れとした顔で笑った。基哉の腕から放たれたごーやも、自由を満喫するかのように走り回っている。二葉は冷蔵庫にプリンを用意していた。テーブルを挟み、二人でプラスチック製のスプーンをちみちみと動かした。爪切りを頑張った褒美として、二葉はごーやにも猫用のササミジャーキーを与えた。

「有馬くんは、童貞じゃないですって」

「そこ、こだわるねえ。有馬くんは童貞だと思うけどな。まだ中学三年生でしょう？　童貞でもおかしくないじゃん。それに、私を見るときの目がそんな感じだったし」

カップの側面に残ったプリンをスプーンでこそげ、二葉は言った。

「分かるんですか？」

「なんとなくね。童貞の視線は、遠赤外線みたいなんだよね。見られていると、じわじわ熱くなってくるっていうか」

言われて基哉は、童貞くん、とからかわれた際の啓太の反応を思い出した。唐突に性の刃《やいば》を向けられ、気が動転したのだろうと思っていたが、もしや図星を突いていたのか。二葉の理屈には奇妙な説得力があった。そう解釈し始めると、腑に落ちる点もある気がした。

「そういう目で見られるの、嫌じゃないんですか？」

「誰の目にも映らないよりましかな。それに、嫌かどうかなんて、考えても意味がないよね。人の頭の中は、私がどうこうできることじゃないし。どうでもいいよ」

空のカップとスプーンをテーブルに置き、二葉は床に横になった。Tシャツの裾がまくれ、腹部が少しだけ露わになる。基哉の脈拍が跳ねた。血流がこめかみを強く打つ。遠く、打楽器の音がした。これは、誘われているのではないか。なにかを試されているのではないか。一瞬、そんなふうに思った。

「童貞のくせに、調子にのるなって」

「えっ」

「次に有馬くんからなにかされたら、そう言ってやりなよ。切り札だよ、切り札」

寝転んだまま、二葉はにやりと口角を上げた。今、自分はなにを考えていた？　嫌な汗が噴き出した。悪夢から覚めたようだ。基哉は身震いした。ジャーキーを食べ終えたごーやは、いつの間にか膝掛けに包まり眠っていた。基哉はその狭い額を撫でた。

「あ、でももし私の年を訊かれたら、高校二年生くらいにしておいてね。大学三年生と中学三年生だと、さすがにまずいから」

「高校二年生、ですか」

「なに？　無理って言いたいの？」

二葉は身体を起こし、基哉を鋭く睨《にら》んだ。だが、口元は緩んでいる。ちょっとサバを読みすぎじゃないですか、と基哉が軽口を叩くと、二葉は転がっていたティッシュ箱を投げた。角が腕を軽くかすめた。

「危ないですよ」

「失礼なことを言った罰っ」

ふたたび二葉は床にひっくり返り、声を上げて笑った。


三年生の島田基哉が年上の女と付き合っているという話は、一部生徒のあいだでたちまち噂になった。翌日には、すれ違いざまに顔を凝視されたり、休み時間に別のクラスの生徒が覗きに来たりと、身辺がにわかに騒がしくなった。なにかあったの？　と不安げな尚介と弦を、基哉は曖昧にはぐらかした。どうせ嘘なのだ。ホームで電車を待つまでの短い時間に見られた、儚《はかな》い夢。すぐにみんなも忘れるはずだと考えていた。

しかし、二葉のアパートでごーやの爪を切ってから三日後、基哉は尚介に呼びつけられた。朝、教室へ入るなり手招きされ、そのときの尚介の顔で、話題はおおよそ見当がついた。口をへの字に曲げた尚介の隣には、眉を八の字にした弦もいた。二人は基哉を廊下の突き当たりに引っ張り込むと、同時に足を止めた。

「俺たち、聞いちゃったんだけど。昨日、隣のクラスの奴から、あれは本当なのかって。な？」

「う、うん」

「それ、噂だから」

被せるように基哉は答えた。不意を突かれて二人が黙る。それも、二、三秒のことで、尚介はすぐに体勢を立て直した。

「でも、もっちんと女が一緒に歩いているところを見た人がいるって」

「それは本当だよ。ただ、付き合ってはいない。その人は、友だちっていうか、知り合いっていていうか」

「ちょっと待ってよ。歩いていたのは、本当なんだ」

「だって、その日は約束があったから」

「なんの？　どんな？」

「尚ちん」

基哉に詰め寄る尚介の袖を、弦が横から摑んだ。尚介は、三人の中で最も気が短い。喜怒哀楽が激しく、攻撃的なところがある。おかしな言動をとらないかと心配なのだろう。基哉には弦の気持ちが理解できた。昨日までは、自分も同じ目線で尚介を見守っていたのだ。だが今は、殴れるものなら殴ってみろ、という思いのほうが大きい。死ねよ、と陰では言えても、実際には啓太に一度も強く出られたことのない尚介。怖いと思えなかった。

「僕が誰とどんな約束をしようが、尚ちんには関係ないだろ」

尚介の目が急に鋭くなった。少し言い過ぎたかもしれないと思ったが、手遅れだった。弦までもが傷ついたような顔をしている。尚介が吐き捨てるように言った。

「じゃあ、もっちんは、その女の人とそういうこともしたの？」

そういうこと。この言葉の内訳に気づくまでに多少の時間を要した。

「してないよ」

「証拠は？」

「証拠？　そんなのない。あるわけないよ」

小学生のころ、相手を問い質《ただ》す際に、何時何分何十秒、地球が何回回ったとき、という口上を使うのが流行った。基哉はそれを思い出し、なんて子どもじみたやり取りだろうと馬鹿らしくなる。二葉のことを黙っていた後ろめたさは、一瞬で消滅していた。世の中には、証明できることとできないことがある。そして、証明する必要があることとないことも。

「だいたい、僕がやってないって言ってるんだから、それがすべてなんじゃないの？　証拠がないと、尚ちんは僕を信じられないってこと？」

珍しく大声になった。迫力に圧されてか、尚介はふたたび黙る。二人を交互に見ていた弦が、沈黙に耐えかねたように口を開いた。もっちんは、その人とどこで知り合ったの？　どんな人？機嫌を取ろうとしているかのような口調に、基哉はさらに苛立った。

「明るくて可愛い人だよ」

「へ、へえ」

「だから、僕なんて全然相手にならない。本当にそういう関係じゃないんだ」

天井のスピーカーがオンになり、予鈴が校内に鳴り響いた。朝のショートホームルームが始まるまで、あと五分。廊下がにわかに騒がしくなる。三人のすぐ脇を、数人の男子がばたばたと駆けていった。早くう、と友だちを急《せ》かすような女子の声も聞こえる。

「僕たちも戻ろう」

これ以上、この話題について喋ることはない。基哉が踵《きびす》を返そうとしたときだった。

「だったら、どうして黙ってたんだよ」

「なにが？」

「そういう女の知り合いができたってこと。言ってくれてもよかったんじゃないの？」

尚介の鼻息は荒かった。もしかしたら、最も訊きたかったことはこれか。尚介がなぜ怒っているのか、基哉はようやく分かった気がした。途端に罪悪感が込み上げてきて、口調が柔らかくなった。

「そのうち言おうと思ってたよ」

「そのうちっていつだよ。もっちんはさ、俺たちのこと、心の中で馬鹿にしてたんだろ」

「な、尚ちん」

「どうしてそういう話になるんだよ」

「自分は可愛い女と仲良くなれた。でも、こいつらにはなーんにもない。そんなふうに、内心では俺たちのことを見下してたんじゃないのかよ」

「そんなわけ――」

ないだろ、と言いかけて、最後の四音が出てこなかった。頬を張られたような衝撃に、全身が痺れていた。そのとおりだ。スマートフォンに二葉の名前が表示されるたび、誇らしいような感情が込み上げていたこと。三人でコスプレ画像を見た日に、尚介と弦は、家族以外の女と接点がないだろうと思ったこと。そうだ、自分は二人を密かに見下していた。だから、二葉のことを打ち明けなかったのだ。

「悪いけど、俺、もっちんとはもう友だちではいられない」

基哉の横をすり抜け、尚介が教室へ駆けていく。弦はしばらく迷っていたようだが、結局は基哉と目を合わさないまま、尚介を追いかけていった。一人残された廊下の隅、呆然と窓の外を眺める。登校中に止んだはずの雨が、ふたたび降り始めていた。雨粒が窓ガラスに短い線を描く。

本鈴が高らかに始業開始を告げた。

十月に入り、中間試験が終わると、修学旅行の班が決まった。基哉の通う中学校では、毎年十一月に二泊三日で沖縄に行く。海外コースとの選択制だった年もあるが、国際情勢の危うさから、ここ数年の行き先は国内に限定されていた。基哉は沖縄に行ったことがない。所詮は学校行事と思いつつも、それなりに楽しみにしていた、はずだった。

「ではこれから、事前学習のテーマを考えてもらいます。決まった班から先生に報告して、調べものを始めてください。図書室も利用できます。今日と、来週のロングホームルームでまとめてもらって、再来週には全部の班に発表してもらうから、そのつもりで」

教壇から教室全体を見渡している上原を、ぼんやりと見つめた。今年で三十三歳になる上原は童顔で、上品とも気弱そうともとれる容姿である。去年、都内の公立中学校で同じく教師を勤める女と結婚したらしい。教師歴十年になる彼の目に、班ごとに着席している今の状況は、どう映っているのだろう。少しはおかしいと思っているのか。いや、思っていないはずだ。基哉は教師というものに期待していなかった。同級生の、からかい以上いじめ未満の言動にたいして、教師たちの反応は驚くほど鈍い。グレーゾーンに対処できない人間が就く職業なのだろうと考えていた。

「テーマというのは、例えば歴史とか環境とか、そういうことです。自分たちは沖縄のどういう面を知りたいのか、よく考えて決めるように」

例として、上原はいくつかの項目を黒板に書きつけていった。歴史、環境、戦争、産業、名産品。基哉は小さく息を吐き、机に視線を落とした。先日配付されたばかりの修学旅行のしおりは、表紙に基哉の学校の制服を着た男女のイラストが描かれている。三年生の女子美術部員が手がけたものだそうだ。どちらの生徒も口を大きく開けて笑っていた。

「それでは、班ごとに話し合いを始めてください」

上原の一声で、教室は一気に騒がしくなった。数人が同時に椅子を動かしたため、椅子と床の擦れる音が重なる。にぎやかさに乗じて、基哉は教室の前方に目を走らせた。名産品にしようよ、お土産のことも調べられるし、と、尚介が眼鏡を押し上げ、訴えている。今日も威勢よく自分の班を取り仕切っていた。視線に気づかれる前に、基哉は正面に向き直った。

「歴史でいいんじゃない？」

基哉の班でも、亮《りよう》が話し合いの口火を切った。組んだ両手に後頭部を預け、やや背中を反らしている。尚介のやる気に満ちた声とは対照的に、どこか斜に構えた態度だ。亮の視線は天井に向いていた。

「歴史か。いいかもな。資料が多くて楽そう」

亮の隣で浩輝《こうき》も頷いた。

「その考え方でいくと、まあ、歴史か戦争だな」

頬杖をついた姿勢で、龍之介《りゆうのすけ》が言う。口を動かしながらも、手はしおりの表紙に落書きをしていた。男子はもみあげが伸ばされ、顔の下半分が髭に覆われている。女子は出っ歯に仕立て上げられていた。

「戦争は、俺、ちょっとな。グロいの苦手なんだよな」

亮のぼやきに浩輝が笑った。

「おまえ、恐がりだもんな。花火大会のときも置き去りにされて泣いてたし」

「泣いてねえよ。ってか、いつまでその話するんだよ」

亮は手のひらで浩輝の頭を叩いた。痛っ、と顔をしかめ、浩輝が亮の肩に拳をぶつける。おまえが変なこと言うからだろ、と亮は口をひん曲げた。おまえらうるせえよ、と、龍之介が消しゴムのカスを二人に投げつけた。

「啓太はどっちがいいと思う？」

「なにが？」

龍之介が問いかけても、啓太は顔を上げなかった。

「歴史と戦争」

「どっちでもいい」

啓太は椅子に浅く腰掛け、背もたれに背中を預けていた。指先だけで気怠《けだる》そうにしおりをめくっている。修学旅行について決めるときには、普段以上にはしゃぐに違いないと予想していたが、今のところ、啓太は大人しい。班を組むときにも、アクティビティを選ぶときにも、口数が少なかった。

「じゃあ、歴史にしようぜ」

亮が声を上げる。ここで啓太が手を止め、やおら基哉を見つめた。

「おまえは？」

場に微量の緊張が走った。亮と浩輝と龍之介は眉尻を下げ、困っているような苛立っているような、複雑な表情を浮かべた。この三人は、まだ自分のことを完全な仲間とは認めていないようだ。当然だろう。基哉は頬の裏側で苦笑した。島田基哉が有馬啓太たちと修学旅行の三日間を過ごすという事実を、この世の誰より理解できていないのが基哉なのだ。

「歴史でいいんじゃないかな」

流れを汲み、基哉は答えた。

「じゃあ歴史で決定な。先生に報告して、図書室に行こうぜ」

床を一蹴りして啓太が起立した。だな、行こうぜ、と、亮たちもあとに続く。基哉も筆記用具を持って立ち上がった。ほかのクラスの授業を邪魔しないようにね、と上原から注意を受けたのち、五人で教室を出た。尚介と弦の班は、まだテーマが決まらないようだ。ほんの一瞬、二人の視線を背中に感じた。互いが互いを気にしながら、そのことに気づかないふりをしている。そんな面倒くさい状況が、もう十日近く続いていた。

五人でひとつの班を作ってください。

先週のロングホームルームで上原が発したこの一言が、ことの始まりだった。号令を耳にした途端、基哉は自分の席で固まった。大袈裟でなく、身体中の血が止まったような気がした。もっちんとはもう友だちではいられないと尚介に宣言されてから、基哉は一人きりで学校生活を送っていた。休み時間も一人なら、給食の時間も一人。グループトークのメンバーからも外された。弦は時折なにかを訴えるような視線をよこしたが、尚介のほうは無視を決め込んでいる。そんな状況下で班を作るというのは、過酷な罰ゲームに近かった。

頭を下げて、修学旅行のあいだだけでも一緒にいさせてもらおうか。基哉は今にも強制終了しそうな脳で考えた。三日間、共に行動するうちに、もしかしたら元の関係に戻れるかもしれないという甘い思惑もあった。しかし、そう決心したときには、尚介と弦は、すでに別のグループと班を結成していた。外見は地味で大人しいが成績がよく、誰からも一目置かれている三人組だ。基哉の脳裏は白に染まった。

「あれ？　島田くん、一人？」

上原に尋ねられても、首を縦に振ることすらできなかった。

「渡辺くんと堀谷くんは……ああ、茂木《もぎ》くんたちのところと組んだのか。あそこも三人グループだもんね。どうしようか」

顎に手を当て、上原は教室を見回した。きゃあきゃあとよく響く女子の声は、まるで色鮮やかな鳥の絶叫のようだ。基哉は裸のまま大自然の中に放り出された気分だった。幸福な展開は微塵《みじん》も思い描けず、どの道を歩んでも死が待っているような気がする。尚介が優越感のにじむ目で自分を見ているのが分かった。もしかしたら、ここまで見込んで、尚介はあのタイミングで絶交を申し出たのか。そう勘ぐったとき、少し離れたところで啓太が手を上げた。

「基哉は俺たちの班に入ります」

啓太の隣で亮が素っ頓狂な声を上げた。

「えっ、どういうこと？」

「俺たちは四人、ここに基哉を入れれば五人」

自分と基哉を指差し、啓太は言った。単純な計算を無理矢理説明させられているような、億劫《おっくう》そうな面持ちだった。いやいやいやいやいや、と浩輝が顔の前で手を振る。龍之介も訝しそうに眉を寄せた。

「啓太、それ、本気で言ってる？」

「なんで冗談を言わなきゃいけねえんだよ。4に1を足せば5になるだろうが。なんか文句があるのかよ」

啓太に睨まれ、亮たちは黙った。よかったね、これでちょうどだ、と上原が基哉の肩を叩く。こっちに来いと言うように、啓太がすかさず顔をスライドさせた。彼の狙いが分からない。基哉は困惑した。もしや、旅行の間中、自分をいたぶろうという魂胆か。だが、彼らにとっても、修学旅行は中学校生活最大のイベントのはずだ。わざわざ気に入らない相手と過ごしたくはないだろう。

「なあ、さっさと調べものを終わらせて、図書室の漫画、読もうぜ」

今、彼らは基哉のほんの一メートル先を歩いている。ズボンのポケットに両手を入れ、いかに手を抜くかを考えている亮に、そんなに早く終わらないだろ、と呆れる浩輝。スマホが使えればすぐ終わるのにな、と龍之介はぼやき、啓太は黙って廊下の窓に目を向けている。このごろは、四人の横顔や背中を眺めてばかりだ。三年生に進級した直後の自分が見たら、にわかには信じられない光景だと思う。

啓太に誘われ、数日前から昼食もこのメンバーで摂っていた。休み時間も一緒だ。ただし、基哉は近くに立っているだけで、求められない限り発言はしない。なんで急に島田と仲良くなってるの、と小うるさかった鈴花と希海も、理由を明確にしない啓太に諦めたらしい。基哉の新しい居場所として、クラスメイトからは認知されつつあるようだ。いまだに慣れていないのは、亮と浩輝と龍之介、そして、尚介と弦と基哉だけだった。

図書室に着いた。亮がドアを開ける。先に調べものを始めていた女子五人が、一斉にこちらを見た。

「あ、そっちも決まったんだー。啓太たちはなににしたの?」

そう尋ねる鈴花の前には、魚図鑑など、数冊が広げられていた。歴史、と答えながら、啓太が鈴花の隣に座る。亮、浩輝、龍之介もそれぞれ近くの椅子に腰を下ろした。どうやら鈴花たちの班と並んで作業することになりそうだ。基哉の心臓が動きを速めた。咲は鈴花の横でノートを取っている。長い睫毛が下瞼に影を落としていた。鼻のつけ根の窪みが美しい。

「おまえらのテーマは? 魚?」

浩輝の質問に希海が笑った。

「そんなわけないじゃん。自然だよ、沖縄の自然」

「うわっ、面倒くさそう」

「えー、絶対に歴史より楽しいし。っていうか、なんで歴史なの? 真面目すぎて怖いんですけど」

「ある程度まとまってる本があるはずだから、それを丸写しすれば楽かなって」

シャープペンシルを指の上で回しながら、亮が得意げに答える。あんたたちって天才的にずるいよね、と鈴花が応じたとき、咲がノートから顔を上げた。

「サンゴ礁《しょう》についての本が欲しい。これだけだとよく分からない」

言うや否や席を立ち、咲は書架と書架のあいだに入った。男子との掛け合いに興味を示さないところは相変わらずだ。整った容姿と独特の雰囲気を持ちながらも咲が女子から嫌われないのは、異性に冷淡だからではないかと基哉は思っている。昼間でも日差しが入らない暗がりで、咲は棚の上段に手を伸ばしていた。ブレザーの袖から伸びた手首の白さが艶《なま》めかしい。

「ほら、私たちの邪魔してないで、啓太たちもさっさと始めたら？」

「先に話しかけてきたのは鈴花だろ。そっちこそ邪魔するなよ」

まずは資料探しだな、と啓太は席を立った。

「基哉も行くぞ」

「あ、うん」

啓太たちと過ごす時間は、特に楽しいものではなかったが、彼らと近づいたことで咲との距離が縮んだのは、基哉にとってこの上ない僥倖だった。啓太、亮、浩輝、龍之介と、鈴花、希海は仲がいい。全員でわいわい過ごす休み時間には、咲と同じ輪に加わることができた。昨日など、小テストの手応えを報告し合う流れから、島田くんはどうだった？　と尋ねられた。咲の目に自分が映ったことに驚愕《きようがく》し、名前を覚えられていたことに仰天し、話しかけられたことに動揺した。その結果、珍しく手応えがあったにもかかわらず、全然だめだった、と答えていた。

尚介や弦と仲直りをするには、どうすればいいか。一時期基哉の頭を占めていた悩みは、強風に吹かれた煙のように霧散した。噂を鵜呑《うの》みにしたり、友人に女の知り合いができたくらいのことで怒ったりするほうが、間違っているのだ。そんな考えが日に日に大きくなっていた。啓太の横に立ち、書架に並ぶ背表紙に視線を滑らせる。そのとき、ドアが開いて尚介の班が入ってきた。

「この本、どうかな？」

抜き出した一冊を軽く掲げ、基哉は啓太に尋ねた。尚介と弦は、啓太のグループで惨めな思いをしている自分の姿を求めている。そう思うと、口が勝手に動いていた。今が充実していることを二人に知らしめたかった。

啓太は二度ほど瞬きをしたのち、

「いいんじゃない」

と頷いた。

「じゃあ、これテーブルに持っていくね」

「基哉」

棚から離れようとした基哉を、啓太は鋭く呼び止めた。

「俺、おまえの彼女のこと、誰にも言ってないからな」

早口で囁く啓太に、基哉は戸惑いながらも頷いた。噂の出所が啓太でないことは、なんとなく予想していた。尚介や弦が耳にした話は、いまいち不確定要素が多かった。啓太が言いふらしたのなら、島田基哉には年上の恋人がいると、彼女とは性的関係を持っていると、もっと確度のある話になっていたはずだ。

「誰にも、なんにも言ってないからな」

念押しするような語勢に、基哉は頭の中にあった絡まりがするりとほどけるのを感じた。俺は誰にも言っていない、だからおまえもあの日のことは誰にも言うな。啓太はそう訴えたいようだ。それはつまり、自分は童貞くんだと啓太が認めたことになる。彼は自分に恩を売り、口止めしようとしている——。

「だいたいおまえ、なんで渡辺と堀谷と一緒にいるんだよ」

「えっ？」

「自分よりレベルの低い人間と話してても、なにも楽しくないだろ」

「そうなの、かな」

「もっと一緒にいる相手を選べよ」

　セックスは、ジョーカーだ。

　肌の表面に清々《すがすが》しいような痺れが走った。切り札。あの日、二葉が口にした単語がよみがえる。数年前、家族のあいだでトランプゲームの大富豪が流行ったことがあった。感情がすぐに態度に表れる達己が最も弱く、基哉は二回に一回は一位になった。ジョーカーを手にしたとき、なにより大切なのが、使うタイミングだ。一気に形勢を逆転させ、立場をひっくり返す最強のカード。ふたたび入口のほうに目を向ける。尚介の悔しそうな顔が、無性に快かった。

4

「そういえば、夏に基哉の友だちが拾った猫はどうなった？　その子の家で元気でやってるのかな？」

　父親の質問に、うん、と基哉は短く答えた。箸でふたつに切ったコロッケから、ふわりと湯気が上る。茶色く照ったソースがじゃがいもに染みていく。基哉はすばやくそれを口に運んだ。衣が咀嚼されて砕け、挽肉の旨味が舌の上に広がる。母親手製のコロッケは、基哉の好物だった。

「今、何ヶ月？　名前は？」

「ごーや。四ヶ月を過ぎたくらい」

「雄？」

「うん、雄。雄の白黒」

はふはふと湯気を吐きながら答えた。

「ねえねえ、ごーやくんの写真はないの？　見たいな」

千切りキャベツにドレッシングを回しかけ、母親が言った。基哉はパーカのポケットに手を入れ、スマートフォンを取り出した。背景からその友だちが一人暮らしの女子大生だと見破られないよう、ごーやがなるべく至近距離で写っている画像を選択する。画面に表示させて差し出すと、

「あら、見事なハチワレちゃん。可愛い」

と、母親はたちまち目尻を下げ、

「美形だね」

と、父親も目を細めた。

父親と摂る久しぶりの夕食だった。両親が並んで席に着き、基哉は母親の向かいに腰を下ろしている。基哉の右隣は空席だ。皿や茶碗も置かれていない。達己は今日もサークルで遅くなるそうだ。まだ話の途中だったのに切られたと、スマートフォンを手に呆然としていた母親を思い出す。夕食に間に合うよう帰って来いと催促するあまり、達己を怒らせたらしい。お兄ちゃん、本当にどうしちゃったの、と、母親は涙声で呟いていた。

ごーやの写真を見つめる母親の顔には、いつもの明るさが戻っている。動物は偉大だ。改めて

基哉は思う。基哉自身、尚介と弦に絶交された直後はむくげとさくらに救われていた。もし彼らが家にいなければ、マンションのベランダから飛び降りていたかもしれない。むくげとさくらは、ゲームにおける回復アイテムのような存在だった。

「この子、ワクチンは打ったの？」

父親はやはりそういうことが気になるようだ。

「二回打ったって」

「そうか。四ヶ月っていうと、そろそろ去勢手術のことも考えてるのかな？」

「たぶん」

基哉は汁椀に口をつけ、それ以上の言葉を濁した。父親の茶碗が空になり、母親がおかわりをよそう。コロッケが美味しいから、ついついご飯を食べ過ぎちゃうなあ、と父親は笑いかけた。夏の旅行以降、両親はますます仲睦《なかむつ》まじい。この二人は、互いに初めての恋人と結婚したのだろうか。基哉の中にふと疑問が生じた。特に父親は、異性に縁遠いタイプだったに違いないと思い込んでいたが、案外分からない。地球のどこかに、父親と母親の元恋人がいるかもしれない。そう思うと、時空がねじ曲がるような感覚に襲われた。

「ねえ、お父さん。去勢手術って、絶対に受けさせないとだめなの？」

基哉の問いに、父親は柔らかく首を横に振った。

「そんなことはないよ。体質的に受けられない子もいるしね。いつかこの子の子どもが欲しくなるかもしれないからと、手術を希望しない飼い主もいる。あとは、受けさせない主義の人もときどきいるね」

「受けさせない主義？」

「病気や怪我以外の理由で体にメスを入れたくないとか、避妊や去勢は自然に反するとか、そういう考え方だよ」

私たちのせいで、ごーやは本能を失う。本当に、そこまでやってもいいのかな。

基哉は二葉の葛藤を思い出した。十月に入ってから、二葉とは会っていない。彼女の大学も夏休みが明けたのに加えて、予定が詰まっていて忙しいと言われた。メッセージが届く頻度も急激に減り、最初に話して以来、ごーやの去勢手術には双方とも触れていない。もう少し考えてみると言っていたが、二葉の思いがどの方向にどの程度進んでいるかも、当然、まったく知らなかった。

「手術を嫌がる人にはなんて言うの？」

「獣医師が強制することはないよ。室内飼いを徹底して欲しい、事故のような妊娠はくれぐれも防ぐようにって、お願いはするけど」

「そうなんだ」

「飼っている犬猫を病院にまったく連れてこない飼い主もいる。金銭的な問題だったり、病気や怪我は本人の自然治癒力に任せたいという考えだったり、理由はいろいろかな。犬の予防接種の中には義務のものもあるけれど、猫は完全に任意だからね」

「人間にもいるよ、自然治癒力をものすごく重視する人は。自分の子どもに予防接種を受けさせなかったり、民間療法に頼ったりね」

母親の箸は皿の上で止まっていた。視線をキャベツに落としたまま、ひとりごとのように呟く。

「自然って、なんなんだろうね」

それは、基哉が今まさに胸のうちで吐いた言葉だった。

「生きていることだよ。生きようとすること、生かそうとすること。それ以上の自然はないと、お父さんは思うよ。だから、自分や他人、ほかの生きものが抱えているその自然に責任を持つことが、なにより大切なんだ」

獣医師は父親の天職だ。そんなことを思いながら、基哉はコロッケにかぶりついた。お兄ちゃんのぶんも食べていいよ、と母親に言われ、じゃあ、と頷く。今日は家族全員でご飯が食べられると思ったのに、と、母親はまだ悔しそうだ。ストレイトのバーベキュー大会に参加した翌日、達己に恋人らしき存在はいなかったと報告すると、母親は明らかな安堵の表情を見せた。恋人がいないほうが、遊びに行く先がないほうが、よほど心配すべきことだと基哉は思ったが、母親という生きものは、やはりどこかずれている。

その日の深夜、基哉はさくらに足を甘噛みされて目を覚ました。リビングのケージで寝るよう躾けられたむくげとは異なり、さくらは好きなところで眠ることができる。ソファやキャットハウスで丸くなることもあれば、基哉の布団に潜りたがることもあった。さくらがいつでも出入りできるよう、基哉は毎晩自室のドアを少し開けて寝ていた。

「痛いよ、さーちゃん」

抗議はしたいが、叱りつけたいわけではない。さくらを怖がらせたくないと思うほど、声は自然に甘さを含んだ。引っ込めた足の動きを面白がり、さくらが勢いよく布団に顔を突っ込んでくる。だめったら、と小さく声を上げたところで、床を蹴るような物音に気づいた。

基哉はベッドから抜け出した。物音は玄関のほうから聞こえた。ドアを開ければ、すぐに確認できる場所だ。胸はどきどきしていたが、怖くはなかった。基哉は生まれてからずっと、このオートロックマンションの十階に暮らしてきた。そのせいか、泥棒に対する危機感や緊張感があまりない。躊躇うことなく廊下に顔を突き出した。

果たして、玄関にはうつ伏せになった達己がいた。廊下に設置されたペットゲートの向こう、平べったく伸びた人影に、基哉は一瞬呼吸を忘れた。達己の帰宅は予想の範囲内だったが、まさか倒れているとは思いも寄らなかった。基哉は少しずつ達己との距離を縮めた。達己がふいに足を動かし、三和土の靴を蹴る。その光景を認識していながら、死んでいたらどうしよう、と思った。

「お兄ちゃん」

ゲートを開けて、玄関マットに顔を埋める達己の肩を揺すぶった。うーん、と弱々しい声音が返ってくる。酒瓶を直接嗅がされたのかと錯覚するほど、達己は全身からアルコールの匂いを漂わせていた。風邪ひくってば。今度は腕を引っ張る。やはり起き上がりそうな気配はない。ため息を吐いたそのとき、基哉は背後から視線を感じた。振り返ると、二メートルほど離れたところにさくらが座っていた。双眼が静かに光っている。

「さーちゃん、どうしようか」

母親に気づかれたら大ごとになるのは間違いなかった。未成年が酔いつぶれて深夜帰宅。大学やサークルに乗り込みかねない。基哉は決心を固め、達己を横から抱きかかえた。脇の下から腕を回し、立ち上がらせる。兄より高い身長が、今ほど役に立ったことはない。それでも、意識のない人間は重かった。体勢が崩れないよう、慎重に達己の部屋のドアを開け、ベッドに転がした。

達己は唸り声を上げながら、寒そうに身体を丸めた。掛け布団の上に寝かせてしまったため、代わりに近くにあったジャケットを上半身にかけた。

「ここ、家？」

達己の目が細く開いた。

「家だよ。お兄ちゃんの部屋」

「水」

「えっ？」

「水、飲みたい」

基哉はキッチンに向かい、冷蔵庫からミネラルウォーターを取り出した。リビングの隅のケージでは、むくげが丸くなったまま、顔だけ起こしてこちらを見ていた。心配そうな眼差しに、大丈夫だよ、と声をかける。物心つく前から犬猫と生活している基哉にとって、むくげやさくらに話しかけるのは当たり前のことだ。伝えようとしているわけでも、通じていると信じているわけでもなく、口が自然と動くのだった。

部屋に戻ってグラスを渡すと、達己はたちまち中身を空にした。

「あー、生き返る」

「せめてちゃんと自分の部屋まで辿り着きなよ。お母さんに怒られるよ」

「ん」

達己は顎を突き出すように頷き、ふたたびベッドに倒れ込んだ。仰向け姿勢で枕を抱え込み、天井を眺めている。せめて礼くらい言って欲しいと思いながら、

「じゃあ、僕、寝るから」

と、基哉が苛立たしげに声をかけたとき、

「基哉」

達己が重みのある声で呼んだ。

「なに？」

「おまえが女だったとする」

「は？」

基哉は自分の表情がはっきりと険しくなるのを感じた。しかし、達己は動じない。枕を両腕で抱きしめたまま、顔はやはり天井に向いていた。

「おまえが女だったとして、やっぱり俺とは付き合えない？」

気持ち悪い。全身全霊で、叫ぶように基哉は思った。女になった自分と、恋人になった達己。どこをどんなふうに解釈しても吐き気がする。そんな想像をすることが、そもそも不可能に思えた。

「訳の分からないことを言ってないで、もう寝なよ」

「分かった。じゃあ、進次先輩ならどうだ？　付き合うか？　付き合うんだろ？」

進次の冷たい目を思い出し、基哉はぞっとした。無理だ、絶対に。考えるまでもなかった。

「悪いけど、僕、明日も学校だから」

言い捨てて部屋を出た。自室に戻ると、基哉の枕の上でさくらが眠っていた。基哉がベッドに入っても、耳や尻尾はぴくりとも動かない。熟睡しているようだ。枕は諦め、マットレスに後頭部を預けて目をつむった。眠気は間もなく訪れた。

文献記録があまり残っておらず、十一世紀ごろまで先史時代、つまりは本土の縄文時代や弥生時代に似た暮らしを人々は送っていたのではないかと考えられること。十二世紀に入ると、グスクと呼ばれた城を拠点とし、集落が作られ始めたこと。尚巴志《しょうはし》という人物が沖縄本島を統一して、琉球王国が生まれたこと。

手にした紙の内容を、亮はつっかえながら読み上げていく。今日のロングホームルームは、事前学習したことを班ごとに発表する時間だった。騒いでいた罰として、亮は上原から発表役に言いつけられた。各班が作成したレポートは、印刷してクラスメイト全員に配られている。五人ぶんの筆跡でまとめられた沖縄の歴史に、基哉は改めて目を通した。

十七世紀には薩摩藩に攻め込まれ、戦いに破れた結果、実質的な琉球支配が始まったこと。朝貢貿易を行っていた中国の影響力も非常に大きかったこと。明治維新で廃藩置県が行われた折、最初は琉球藩として日本の領土に組み込まれたが、清王朝との関係を巡って新政府と対立、琉球王国は滅ぼされ、沖縄県になったこと。太平洋戦争ののち、アメリカの統治下に置かれたこと。

沖縄の歴史は支配の歴史だな、と思う。小さな島が持てる力には限界がある。琉球王国ははなから滅びる運命だったような気すらした。弱い者は強くなるか、強い者に取り入ったり取り込まれたりすることでしか生き延びられない。世界はどうしようもなく二層に分かれている。

「以上が、俺たちが調べた沖縄の歴史です」

首をすくめるように礼をして、亮が着席する。耳の縁が赤くなっているのが、基哉の席からも見て取れた。緊張していたようだ。人前でかしこまって話すのが苦手なのだと、上原から指名されたときに嘆いていた。それは、思いも寄らない彼の弱点だった。外から眺めていたときには、亮は単なる啓太の取り巻きの一人だった。浩輝と龍之介も同様だ。細かいところによく気がついたり、マイペースだったり、一人一人性格があったんだな、と、当たり前のことを今更に感じた。

「はい、ありがとう。よくまとまっていたと思います。先生から少し補足をすると、一九七二年には、沖縄も日本に復帰するんだけど、今なお軍事的な拠点とされていて――」

現在の米軍基地問題について説明したのち、上原は尚介の班を指した。は、はい、と上擦った返事と共に、弦が立ち上がる。弦こそ人前で喋るのは不得手だったはずだが、ジャンケンで負けたのだろうか。プリントを必要以上に強く握り締めていた。

「えっと、あの、僕たちは沖縄の食文化について調べました」

甲高《かんだか》く震えた声。発表は始まったばかりにもかかわらず、首から上の皮膚は真っ赤に染まっていた。亮の語りには静かに聞き入っていたことが嘘のように、教室中から失笑が漏れた。弦はますます肩を縮こまらせた。

「なにを言っているのか、全っ然聞こえませーん」

浩輝がわざとらしく手を上げた。

「もう少し大きい声でお願いしまーす。僕たちも沖縄の食文化について知りたいでーす」

龍之介もあとに続いた。その言い方はないよね、と上原は二人に注意したが、弦の泣きそうな顔は変わらない。もじもじしてるからだ。そんなことを思った自分に基哉は驚いた。罪悪感にも似た苦味が胸の奥に垂れる。でも、悪いのは弦だ。もう友だちではいられないと宣言した尚介に、弦は反対しなかった。弦は自分ではなく、尚介を選んだのだ。

「でも、発表の場なんだから、声が小さかったら意味がないと思います」

浩輝や龍之介とは違う、落ち着き払った声で啓太が言った。鋭い凶器で急所を突くようだった。だが、啓太自身はとどめには少し足りないと思ったらしい。

「基哉も聞こえなかったよな?」

基哉のほうを振り向き、バレーボールでトスを上げるように尋ねた。クラスメイトの好奇の眼差しが基哉に集まる。前にもこんなことがあったな、と頭の隅で思った。あれは確か、啓太が立ちふさがるロッカーから弦の英和辞書を取ってきたときのこと。たった一ヶ月半前が、数年前の出来事のように感じられた。

もうあのころの自分ではないはずだ。基哉は机の下で強く手を握り、そして開く。自分は強くなった。そう信じたかった。

「はい、聞こえなかったです」

「堀谷くん、もう少し大きい声で話せるかな」

上原に促され、弦はおずおずと肉づきのいい顎を引いた。尚介が義憤に燃える瞳を基哉に向ける。基哉は気づかないふりをしてプリントに目を落とした。これが、尚介の最もこたえる反応だろうと思った。弱者は強者に支配される。強者は弱者を支配できる。これはきっと、動物でも知っている真実だ。

まさに大逆転を招いたようだった。事前学習の発表の日を境に、基哉は亮や浩輝や龍之介からも話しかけられるようになった。彼らと声を上げて笑ったり、ものを貸し借りしたりする経験も増え、自分はこちら側に馴染みつつあると、確かな実感を覚えていた。

「一ヶ月の大半は家にいないような奴に言われても、はいそうですか、なんて納得できないよな」

今日の昼休みも教室の後ろに集まり、みんなで雑談に興じていた。鈴花、希海、咲も一緒だ。尚介と弦は教室にはいなかった。近ごろは、長い休み時間に入ると彼らの姿が消えた。啓太たちと楽しそうにしている自分を見るのが嫌なのだろうと、基哉は捉えている。

「母親に言われるほうがまだ納得できるっていうか、あいつ、まじで金出してるだけじゃん。こういうときだけ父親面されてもな」

昨晩、龍之介は、今月頭に行われた中間試験のことで父親に叱られたらしい。龍之介の父親は外資系の企業に勤めているため、海外出張が多い。昨日久しぶりに顔を合わせたと思ったら、高校受験がないからって気を抜いてるんじゃないぞ、と言われたそうだ。

「分かる。父親ってさ、自分の子どもの年も言えないよね」

最後列の椅子に勝手に腰掛けた鈴花が、脚を組み替えながら言った。スカートの奥の下着が見えそうに思えてどきりとするが、しかし、露わになることは絶対にない。女子のスカートは神秘だ。

「そういえば、基哉の父さんはなにやってるの？」

ロッカーの上に座った亮が、足をぶらぶらさせて尋ねた。

「獣医。動物病院をやってる」

「へー、すごいね」

希海が素直な相槌を打った。まあね、と基哉は曖昧な返事をする。基哉自身は父親を尊敬していたが、周りから褒められると反応に困った。家族については、自分のこと以上に肯定も謙遜もしづらい。

「じゃあ、島田くんの家でもなにか動物を飼ってるの？」

咲が言った。いつもより声に張りがある。おざなりに質問したのではないと伝わってくる喋り方だった。

「うん。犬と猫と、一匹ずつ」

「両方いるの？　いいなあ。どんな子？　写真見せて。写真見たい」

基哉の隣に回り込むと、咲は上目遣いになった。これは身長差が原因であって、咲が自分に甘えているわけではない。頭ではそう理解できても、自分を見上げる咲は、心臓が張り裂けそうになるほどに可愛かった。基哉はごくりと唾を飲んだ。

「こう見えて、咲はめちゃくちゃ動物好きなんだよ」

「遊びに行こうって咲を誘うと、猫カフェとかウサギカフェとか、そんなところばっかり連れて行かれるから。ね？　鈴花」

「そうそう。ネットで可愛い動物の動画を見つけると、夜中でもアドレスを送ってくるし」

鈴花と希海は口々に咲をからかった。幸せを分けてあげてるんだよ、と咲は照れている。

「は、長谷部《はせべ》さんの家では飼ってないの？」

ポケットからスマートフォンを取り出し、基哉はもたもたと画像フォルダを開いた。起きているむくげとさくらが一枚に収まっていて、それでいてどちらの顔もはっきり写っているもの。なおかつ、むくげとさくらを知らない人に二匹の可愛さが伝わる写真は、決して多くはない。人差し指で画面をスクロールさせ、最高の一枚を探した。

「飼ってない。私のお母さん、喘息《ぜんそく》持ちなんだ。特に動物の毛がだめなんだって。熱帯魚はいるけど、私はもふもふした生きものが好きだから」

「もふもふって」

普段の咲からは縁遠い言葉に、龍之介が小さく笑う。

「もふもふは、もふもふだよ」

「あ、えっと、これがうちの二匹」

半年前、むくげとさくらが偶然ソファに並んで座っているところを撮った一枚を基哉は見せた。

「うわー、可愛い。すっごく可愛い。どっちもミックスかな？　犬は毛が長いね。耳、垂れてる。優しそう。昔、おじいちゃんが飼ってた子に少し似てるかも」

咲はスマートフォンの画面に齧りついた。顔の前で手のひらを合わせ、泣き出す寸前のように顔をくちゃくちゃにしている。

「猫はキジトラかな？　顔が小さいね。目が金色だあ」

「そう、キジトラ。さくらっていう名前の雌で、今、一歳半。犬のほうは雄で、名前はむくげ。もうすぐ十四歳だよ」

「二匹は仲がいいの？」

「うーん、悪くはない、かな。一緒にいることは少ないけど」

「じゃあ、これは貴重なショットなんだね」

咲がそう言って目を輝かせたとき、啓太が輪に戻ってきた。ハンカチをポケットに押し込んでいる。トイレに行っていたようだ。仲良くなるまで、基哉は啓太のことを取り巻きと共に用を足しに行くタイプだと推察していた。だが、まったくの的外れだった。啓太は大抵、みんなが雑談で盛り上がっているあいだに、さっと済ませてくる。意外に大人びているのかもしれない。

「盛り上がってるじゃん。なんの話？」

基哉の父親が獣医師であること、咲が動物好きであることを、浩輝は大雑把に伝えた。

「へえ。動物なんて、どれもだいたい同じ顔だろ。似てるとか似てないとか、俺、よく分かんねえな」

「なに言ってるの。全っ然違うよ」

咲は啓太を睨みつけた。ムキになりすぎだろ、と啓太が苦笑する。

「ねえ、島田くん。むくげくんとさくらちゃんは、どこから島田くんの家にやって来たの？　ペットショップじゃないよね？」

「むくげは、犬や猫を保健所から引き取って、里親を探す活動をしている団体からもらってきたんだよ。僕のお父さんの後輩が、そこの代表なんだ。さくらは、うちのクリニックの前に捨てられていたのを僕が拾った」

「ひどい」

咲が血の気を失った顔で呟く。よくあることだと、追い討ちをかけるようなことは言えなかった。基哉の両親は、動物病院の前を選んだということは、その動物に生きて欲しい気持ちが少なからずあったのだと、捨てる側にも同情的だ。野良の犬猫をつい拾い、しかし、自分では面倒を見られない事情があって、動物病院の前に置いていく人の気持ちは、確かに基哉も分からなくもない。その一方で、両親の人の良さにつけ込まれているような感覚も拭いきれなかった。

咲に尋ねられるままに、野崎の活動について話した。数年前まで、野崎はしょっちゅう島田家に遊びに来ていた。基哉はライフブランケットを見学させてもらったこともある。彼らの目標のひとつは殺処分ゼロであり、ときには年老いていたり病気にかかっていたりする犬猫も、行政施設から引き取った。もし里親が見つからなかった場合は、シェルターで終生飼育するのだと、野崎の説明を受け売りした。

「うちでも飼えたらよかったのに」

咲が悔しそうに俯いた。啓太や鈴花たちは動物には興味がないらしく、とっくに別の話題に移っている。芸能人の熱愛報道をあげつらい、あの俳優にあのアイドルはもったいないと騒いでいた。

「私も力になりたかったな」

すぐ目の前の盛り上がりを無視して咲は言った。

「でも、飼えない環境にいるときには飼わないことも愛情だから」

咲が目を見開いた。変なことを口走ってしまっただろうか。基哉の胸を不安がよぎる。言い方が偉そうだった？　いや、気持ち悪かったのかもしれない。湧き出る冷や汗を感じながら謝ろうとしたとき、

「島田くんって、しっかりしてるんだね」

咲が笑った。目は怜悧《れいり》な瞳が隠れるまで細められ、頬が丸く盛り上がる。美しさが崩れ、代わりに愛らしさが溢れた。咲は聖域ではない。自分と同い年の、クラスメイトの女子なのだと、そう実感させる笑みだった。

「あのさ、お父さんの後輩が運営している、そのアニマルシェルターに行ってみない？」

気がつくと誘いの言葉を口にしていた。言い終えてから、馬鹿なことをしたと身体が熱くなる。受け入れられるはずがないと思いながらも、断られることが怖かった。ごめん、行くわけないよね、と早口で付け足した。

「そんなことない、行きたいよ。でもうちでは飼えないから」

「そ、それは大丈夫。いつでも見学においでって、野崎さん……そのお父さんの後輩には言われてるんだ。僕の家だって、これ以上は飼えないし。たぶん野崎さんは、自分たちの活動をたくさんの人に知ってもらいたいんだと思う」

「迷惑じゃないなら、私は行きたい」

「うん、行こう」

ライフブランケットの拠点は東京の郊外にある。咲の家の住所を基哉は知らなかったが、ちょっとした遠出になることは確実だった。それでも構わないと咲は言った。野崎に頼んでみると基哉が約束したところで、昼休みは終わった。夢見心地で自分の席に着いた。午後の授業はまったく頭に残らなかった。

夕方、家に帰ってすぐ、基哉は自慰をした。足元につきまとうさくらを部屋から締め出し、制服のズボンを緩めてベッドに腰掛ける。啓太と同じ班になり、咲とたびたび関わるようになってから、彼女を慰みものにしないよう気をつけていた。生きている世界が違うときには、かろうじて自分を許せた。咲の存在は、テレビの中のアイドルとさほど変わらなかったからだ。しかし、いざ交流の機会を得ると、妄想することは汚すことだという感覚が一層強くなった。不埒《ふらち》な想像は人権侵害だと、そんなことまで考えた。

だが、今日はどうしても堪えきれない。咲の上目遣いが、笑顔が、感情豊かな声音が、基哉の欲望を駆り立てる。可愛い。好き。裸を見たい。どうして思考はこれほど無謀にジャンプするのだろう。基哉は性器を摑み、上下に擦った。気持ちよさに声が漏れる。こんなことはしたくないと、果たして自分は本当に思っているのか。一瞬、己が信じられなくなった。部屋に入れろと、さくらがドアを引っ搔いている。基哉はさらに激しく性器を扱った。

数分後、ティッシュの中に精を放ち、基哉は荒い息と共にベッドに倒れ込んだ。温かいものが目尻をゆっくりと伝う。そこに手を当て、自分が泣いていることに気づいた。涙の理由は分からなかった。後悔ゆえにも、快感が招いたようにも思えた。その両方かもしれなかった。

下半身が冷えてくると、基哉は部屋着に着替えた。それから学習机の引き出しを開けて、携帯ゲーム機を取り出した。電源をオンにして、モンスターを立て続けに十匹ほど逃がす。一匹ではとても気持ちが収まりそうになかった。しかし、十匹手放したことで罪悪感が薄らいだかというと、とてもそんなことはない。舌打ちをして電源を切った。

「あ、さーちゃん」

基哉はさくらを待たせていたことを思い出した。いつの間にか、催促の音が止んでいる。慌ててドアを開けた。廊下にさくらの姿はない。待ちあぐねて、別の部屋に移動したようだ。ドアノブを握ったまま、基哉はしばらくほの暗い廊下を見つめていた。

三日後、基哉は久しぶりに二葉と会った。ごーやの爪切りを手伝って欲しいと、ふたたび頼まれたのだ。アパートには学校の帰りに直接向かった。母親がクリニックから帰ってくる夜七時までに自宅に着けば、寄り道をしたことには気づかれない。基哉にとって、二葉の部屋は秘密基地のような場所だった。

チャイムを押すと、二葉はすぐにドアを開けた。

「来てくれてありがとう。ねえねえ、見てよこれ」

基哉が部屋に上がるなり、二葉はパーカの袖を捲《まく》って腕を突き出した。白い肌に、赤いミミズ腫れが三本走っている。わずかに盛り上がっている傷口が痛々しかった。やられちゃいましたね、と基哉が言うと、爪ってすぐに伸びるんだね、と二葉がため息を吐いた。

「子猫は成長が早いですからね」

「痛くて思わず悲鳴を上げたら、ごーやがしばらく私を怖がっちゃってさ。もう大変だったよ」

「でも、そのくらいの傷なら、ごーやはじゃれついてるだけだと思いますよ。本気で爪を立てられたら、もっと大怪我になりますから」

「うー、想像したくないな」

初めて爪切りの補助を務めてから、一ヶ月近くが経っていた。二葉が学校までやって来て、駅で啓太と鉢合わせしたあの日。あれから尚介と弦と絶交し、啓太たちと仲良くなって、咲と出かける約束をした。あの瞬間こそが転換点だったのだと、ゲームのクリア後に攻略情報を読むように基哉は思う。

「あれ？」

居間の隅に鞄を置いた基哉に、二葉が首を傾げた。

「基哉くん、なんか感じ変わった？」

基哉は驚いた。外見には特に手を加えていない。制服の着こなしも、頭髪も眉毛も以前のままだ。啓太たちのように、崩したり整えたりしてみたい気持ちはあったが、まだ気恥ずかしさのほうが勝っていた。学校生活については当たり障りのないことしか話さないため、両親も基哉の友人関係の変化には気づいていない。二葉の勘の鋭さに軽い畏怖《いふ》を覚えた。

「どうですかね」

基哉は言葉を濁し、

「二葉さんは忙しかったんですよね？」

と話題を変えた。

「そうそう、彼氏ができてさ」

二葉は顔をぱっと輝かせた。

「えっ」

「上京してから初めての彼氏だよ。私のバイト先にお客さんとして来た人でね、私に一目惚れしたんだって」

二葉が恋人とじゃれあう姿が、たちまち基哉の脳裏に浮かんだ。男が二葉を押し倒し、胸の谷間に顔を埋める。二葉が男の髪を掻き回す。今までに観たアダルト動画の焼き直しだと分かっていても、興奮がにわかに湧き上がった。もしかして、数日前にもこの部屋でセックスが行われたかもしれない。目だけであたりを見回した。

「それで、付き合うことにしたんですか？」

「うん。全然知らない人だったから、最初はちょっと迷ったけどね」

膝掛けの上で丸くなっていたごーやを二葉は抱えた。これから始まることを予期したように、ごーやが懸命に体を捩《よじ》る。基哉はごーやを受け取り、やや強引に膝の上に座らせた。大丈夫だよ、と声をかけながら、耳の後ろを掻いてやる。ごーやの四肢から少しだけ力が抜けた。

「一回ご飯に行ってみたらすごく楽しくて、あと、顔もわりとタイプだったから」

二葉が爪切りを構えた。基哉はすばやく前足を摑み、ごーやの指から爪を押し出した。

「……へえ」

ぷちん、と音がして、半透明の爪がカーペットにこぼれ落ちた。ごーやが悲しげに一鳴きした。

「社会人だからかな。彼、すごく大人なんだよね。私の性格上、つい言い過ぎちゃうときもあるんだけど、まったく動じないの。それも二葉ちゃんの魅力だよって言ってくれる。会いたいって言ったら、夜中でもうちに来てくれるし、私のすべてを受け止めてもらえるって感じ」

相手が自分を認めているかどうかに、二葉はひどく敏感だ。上京するまで地元で無敵に暮らしていたというのは、おそらく真実なのだろう。生まれてからの十五年間、無下にされる機会のほうがよほど多かった基哉には、自分の価値を信じられる二葉の無邪気さが羨ましかった。緩んだ目尻と甘い声で恋人について喋りながら、二葉はごーやの両前足の爪を切り終えた。やはり器用だ。深爪は一本もない。ごーやが期待のこもった目で基哉を見上げる。まだだよ、と答え、二葉が後ろ足に取りかかりやすいよう、ごーやの体勢を変えた。

「その人の写真とか、ないんですか？」

「写真？」

二葉ちゃんって太陽みたいな子だね、と囁き、君の存在こそが僕の生きる意味だよ、と言ってのけた男がどんな顔をしているのか、気になった。あったかなあ、と二葉は爪切りを床に置き、スマートフォンを手に取った。

「あったあった、一枚だけ撮ってた」

数分後に見せられた画面には、切れ長の目に大きな口を持つ男が写っていた。二段重ねのアイスクリームを手に、気を許しきったような笑顔を浮かべている。手足が長く、顔が小さい。格好いいと真っ先に思う。俳優の誰かに似ていた。基哉の気分はたちまち塞いでいく。心臓をつねられているような痛みも感じた。

「この人、何歳なんですか？」

「三十一かな」

「若く見えますね」

「ね。せいぜい二十代後半だよね。お腹も全然出てないんだよ」

それから二葉は、またひとしきり惚気話を繰り広げた。付き合って一週間の記念にネックレスをもらったこと。手を繋ぐと安心すること。予定が詰まっていて忙しいという言葉の裏では、こんなことが起こっていたのか。二葉が自分を急に構わなくなったのは、大学やアルバイトが理由ではなかったようだ。恋人を優先するのは当然だと頭では納得しながらも、基哉は衝撃を覚えた。

本当は、のぼせ上がった二葉の話など聞きたくなかったが、遮る気力もなかった。

　やがて二葉は爪切りを持ち直し、

「基哉くんはこの一ヶ月、どうだった？」

と尋ねた。どこから話そうか迷い、基哉は窓の外に視線を向けた。隣家のグリーンカーテンは撤去され、部屋の中が見えている。大きなベッドが窓のすぐ近くに置かれていた。掛け布団のカバーは水色だった。

「実は、来週末、女子と出かけることになって」

「うわあ、いいなー。青春だー」

　二葉は手を止めて叫んだ。腕の中でごーやも目を見開く。薄緑色の虹彩は、エメラルドを薄く剝いで貼りつけたかのように美しい。さくらの金色の瞳には、見る者の視線を撥《は》ね返す力強さがあるが、ごーやの目には吸い込まれそうな奥行きがあった。基哉はごーやの鼻先をちょんとつついた。

「彼女ができたの？　デートってこと？　どこに行くの？」

「彼女じゃないですよ、クラスメイトです」

　基哉は強く否定した。

「でも、二人で出かけるんでしょう？」

「それは、まあ。でも、行き先も全然デートっぽくないっていうか」

　ライフブランケットについて、基哉は簡単に説明した。

「へえ、そういうところがあるんだ」

父親を通じて見学させて欲しいと頼むと、野崎はふたつ返事で承諾した。駅からシェルターまでの道も、車で送迎してくれると言う。ライフブランケットは、最寄り駅から少し離れたところに居を構えている。何十匹もの犬猫を世話するには、それなりの敷地面積が必要だ。基哉は遠慮なくその申し出に甘えることにした。

咲は当初、鈴花や希海、啓太たちにも声をかけていた。ライフブランケットの活動をなるべく多くの人に知ってもらいたいという野崎の考えを、彼女はできるだけ汲み取ろうとしていた。しかし、遠い、そういう活動に興味がない、雑種の犬猫にわざわざ会いに行く意味が分からない、と六人に断られ、二人で行くことが決まった。私一人でごめんね、と咲は落ち込んでいたが、基哉にはこの上ない展開だった。

「なにか気をつけたほうがいいことって、ありますか？　その……女子と二人で出かけるときに」

気を取り直して尋ねた。

「えー、なんだろう。まずは約束の時間を守ることと、清潔感でしょう？　それから服のセンス？　特に普段、制服姿しか見せない相手に、私服は重要だよ。あとは、目的地には迷わずに着けたほうがいいよね。移動のあいだにおろおろされるのは、ちょっと嫌だなあ。できれば事前に一度、一人で目的地まで行ってみたほうがいいかもね。それと、話題もたくさん考えていったほうがいいよ。あまりに話が弾まないと、なんで私、この人と一緒に出かけようと思ったんだろうっていう気持ちになっちゃうから」

デートとはこれほどの気配りの積み重ねで成り立っているのか。基哉は気が遠くなった。つい最近まで、発売前のゲームのことで三時間喋っていられるコミュニティに属していた自分には、難易度が高すぎる。大変なんですね、と呟くと、二葉が笑った。

「嘘、嘘」

「えっ、嘘なんですか？」

「基哉くんが真剣に聞いてくれるものだから、つい。ごめんね」

二葉の口元はまだにやにやしている。一緒に出かける女子が、実はただのクラスメイトではないと見透かされたようで、基哉は恥ずかしくなった。咲への片思いは、二年半に及ぶ長いものだ。小学生時分にも可愛いと思う女子はいたが、相手の言動を逐一確認したいという欲望も、相手が学校を休んだだけで視界が暗くなるような絶望も、咲を好きになるまで知らなかった。その咲と初めて学校の外で会うのだ。なんとか好印象を残したかった。

そうだなあ、と二葉が唸り、ごーやの爪を一本切る。釣り針のような形のそれがカーペットに落ちていくのを、基哉は見ている。

「約束の時間を守ることと、清潔感が大事っていうのは、本当かな。あとは普段どおりの基哉くんで大丈夫だよ。さっきの私のアドバイスは忘れて。途中で道に迷ったり、会話が続かなかったり、そういうときの焦りも楽しんで欲しい」

「服の話も、嘘？」

「嘘。基哉くんの好きな服を着ればいいよ」

「でも、服装って大事ですよね？　ださいと馬鹿にされますよね？」

基哉は食い下がった。小学校時代、上下共に細かい水玉模様の服を着てきた女子は、男子の一部に水疱瘡《みずぼうそう》と呼ばれて泣いた。基哉もまた、カエルの絵のTシャツを笑われたことがある。おかしな服は、それをまとう人格ごと否定されるのだ。ちょうど、三週間後に迫った修学旅行に着ていく服にも悩んでいた。修学旅行は、初日を除いた二日間を私服で行動する。普段からファッションに興味がある人間には服を買ってもらえる好機かもしれないが、それ以外にとってはただの試練だった。基哉も、なぜ三日間とも制服ではないのかと恨みに思っている側の一人だ。ただ、達己を頼れるぶん、環境に恵まれてはいた。相談すれば、達己はきっと見栄えがする服を見繕ってくれるだろう。尚介と弦はどんな服を着て現れ、どんなふうに周囲からからかわれるのだろうと、少しだけ楽しみだった。

「服装において重要なのは、状況に合ってるかどうかだよ。遊園地に高いヒールの靴で行ったり、洒落《しゃれ》たレストランにスウェットで行ったり、そういうのはどうかと思うけど、いわゆるTPOさえ押さえれば、あとは自由でいいんじゃない？　それで笑われたら、笑うほうが間違ってる」

「でも」

「どうしたの？」

二葉は首を傾げた。

「でも、二葉さんは、顔がタイプだったから、バイト先で声をかけてきた男の人と付き合うことにしたんですよね？」

二葉の顔にハテナマークが浮かび、基哉は話の流れにそぐわないことを言ってしまったかと焦った。しかし、動き始めた口は止まらない。それって、やっぱり見た目は大事だってことじゃないですか？　と尋ねた途端、心臓をつねられたような痛みがぶり返した。二葉は交際相手の容姿にこだわらないに違いないと、おそらくは信仰に近い心持ちで考えていた。なにせ、かりそめにも自分を恋人扱いしてくれた人だ。結局はあんたも顔のいい男を選ぶのか。痛みの正体がようやく分かったような気がした。

「あの人が変な服を着ていたとしても、私は付き合ったと思うよ」

「それは、顔がよかったからですよ。僕は顔がだめだから、そのぶん服装で頑張らないと、周りの奴らには勝てない。笑われて、馬鹿にされて、嫌われて終わる。普段どおりの俺ではだめなんです」

「周りの奴らに勝つって、なに？　デートの話だよね？」

「誰かに好きになってもらうっていうのは、要はその人にとっての一番を勝ち取ることじゃないですか」

二葉は一瞬、不憫《ふびん》がるような顔になり、それから無言で残りのごーやの爪を切った。ぷちん。爪が一本短くなるたび、基哉の中に苛立ちが募る。どうして言い返さない。自説に強い自信を持ちながらも、二葉に完膚《かんぷ》なきまでに論破して欲しい気持ちがあった。爪切りを終えた二葉が、粘着カーペットクリーナーを手に取る。基哉はごーやを床に放した。

「やっぱり基哉くん、変わったね」

前屈みになり、二葉はクリーナーを転がした。ジーンズとパーカのあいだ、細い腰が露わになる。白い皮膚の下でうごめく背骨の凹凸に、基哉は苛立ちが加速度的に膨らんでいくのを感じた。そういえば、二葉を思い浮かべて自慰をしたときには、モンスターのデータを消したことがなかったと、唐突に思う。常にこちらを挑発しているような、彼女の肉体――。気道が圧迫され、視界が端から赤く染まっていく。眼球が熱い。

「まるで別人みたい」

そして弾けた。

「人に勝ちたいって、強くなりたいって思うことが、そんなにいけないことかよっ」

基哉は怒鳴った。あの腰を止めたい。その一心だった。幼稚園児のころ、玩具をほかの子に横取りされたときも、小学生のころ、目が合うと同時に嘔吐《おうと》する真似をされたときも、基哉は無言で耐えた。絶叫して相手に摑みかかるような達己の怒り方を、どこかで嫌悪していたのかもしれない。だが、今はどうしても我慢できなかった。

「基哉くん、誰かに勝つことが強さじゃないよ」

「だったら、強さってなんですか」

大声に驚いたらしいごーやが、部屋の隅で体を硬くしている。薄い緑色の瞳には、恐怖だけでなく怒りもにじんでいた。彼は完全に二葉の味方だった。おまえだって雄だろう。基哉は胸中で叫んだ。もしも二葉に拾われなければ、いずれ発情期の雌を巡って、ほかの雄と争わなければいけなかったのだ。弱い雄が一体どれほど惨めな思いを味わうか、彼に説きたかった。それとも、自分よりも数百倍は格好いいあの二葉の恋人に、早くも懐いているというのか。

「そんなの、自分で考えなよ」

諭すような二葉の語調だった。基哉は鞄を引っ摑み、外に飛び出した。これまでは名残惜《なごり》しい気持ちで歩いていた道を、今日は駆け抜ける。息を弾ませながら駅に入り、制服が毛だらけであることに気づいた。ごーやを抱くことは、二度とないかもしれない。そんな思いがちらりと胸をよぎったが、今はなにも考えたくなかった。頭を一振りして、制服を手ではたいた。
ごーやの毛は秋の風に吹かれ、あっという間に見えなくなった。

約束の二十分前には待ち合わせ場所に着いた。私鉄の改札の脇に立ち、もう一度自分の服装を確認する。ジーンズにチェックのシャツを合わせ、上から薄手のダウンベストを重ねた。そこにリュックサックとスニーカーという、シンプルな出で立ちだ。シャツとベスト、リュックサックは達己に借りた。ぼろぼろだったスニーカーはさりげなく母親に頼み、この日に間に合うよう新調してもらった。

服装が、外見が、人のステータスに無関係とは思えない、絶対に。

基哉はシャツの襟元を整えた。強くなりたいと願うのは、生きものとして自然なことだ。二葉は弱者として生きる虚しさを知らないから、あんなことが言えるのだ。彼女が格好いい男と付き合っていたという衝撃も、不憫に思われたことへの怒りも、まだ収まっていなかった。二葉とはあの日以来、連絡を取っていない。ごーやに関するメッセージが届くこともなかった。きっと、恋人と充実した日々を送っているのだろう。

スマートフォンを操作し、乗り換え案内のアプリケーションを起ち上げた。駅構内を忙《せわ》しなく行き交う人の中には、まだ半袖姿の男も、すでにコートを着込んでいる女もいた。季節の変わり目らしい光景だ。と、集団の中に見知った顔が浮かび上がり、基哉は姿勢を正した。咲が片手を上げ、笑顔で駆け寄ってくる。

「島田くん、おはよう。早いね」

「長谷部さんこそ、早いね」

基哉が到着してから、まだ十分と経っていなかった。迷わないか不安で、一本早い電車に乗って来たの、と、咲がショルダーバッグの肩紐の位置を調整してはにかむ。学校にいるときの咲は、いつも大人びている。初めて目にする私服も、細身の黒いパンツにくすんだ緑色のコートと非常に落ち着いた組み合わせだ。しかし、こうして街中で見ると、咲はまぎれもなく中学生だった。表情にあどけなさが光っている。

「あの電車に乗るんだよね？」

「うん。行こうか」

基哉は足を踏み出した。ライフブランケットの施設がある街まで、これから一時間ほど電車に揺られる。駅に到着後、すぐに昼食を摂り、それから野崎の車に乗せてもらう手はずになっていた。

東京の西部に向かう電車は空いていた。座席に並んで腰掛け、車内広告を眺めながら、基哉は咲と新発売のドリンクについて話した。果物の桃は好きだけど、桃味は好きじゃないんだよね、と言う咲に、基哉は快哉を叫びたい気分だった。自分がこちら側の世界に来なければ、おそらく一生手に入らなかった情報だと思う。窓の外では、背の高いビルや派手な看板が、徐々に姿を消している。空は快晴で、鰯雲《いわし》の名残のようなものが浮いていた。

「むくげくんとさくらちゃんは元気？」

ふいの沈黙ののち、咲が尋ねた。前のめり気味な口調から、気詰まりになったときのために用意していた話題かもしれないと基哉は感じた。今日の二人きりの遠出に、彼女も少しは緊張していたのだろうか。だとしたら嬉しい。祈るように基哉は思う。

「元気だよ。むくげは寝てばかりいるけど。最近、トイレをときどき失敗するようになっちゃって、認知症が始まったんじゃないかって、うちのお父さんは言ってる」

「認知症？　犬も呆《ぼ》けちゃうんだね」

「うん。まだまだ散歩も大好きだし、体は元気なんだけどね」

むくげとさくらの話をするうちに、電車は目的の駅に着いた。事前の打ち合わせどおり、駅ビル内のファストフード店で昼食を摂った。いざ目の前にすると、咲とハンバーガーの組み合わせが意外に感じられ、長谷部さんもそういうものを食べるんだね、と基哉は声をかけた。普通に食べるよ、と咲は笑った。咲と向かい合って食事をしている現実が、基哉には夢のようだった。せっかく注文した期間限定トリプルチーズバーガーの味も、よく分からなかった。

野崎は紺色の軽自動車でやって来た。古い車らしく、ところどころ塗装は剝げ、ヘッドライトのカバーは黄ばんでいる。基哉と咲の姿を認めると、野崎は小さくクラクションを鳴らし、助手席の窓を開けた。

「基哉くーん」

記憶していたよりも野崎の肌は赤黒く、頭部は白髪の割合が増えていた。だが、生き生きとした瞳も、こめかみまで続くような目尻の皺も、以前と変わらない。基哉は懐かしい思いで野崎を見つめた。基哉の中学受験の追い込みと重なるようにライフブランケットも忙しくなり、野崎と会うのは約三年ぶりだった。

「大きくなったなあ。もう達己くんより背が高いんじゃないの？」

基哉が後部座席に乗り込むが早いか、野崎は言った。身長は抜きましたね、と基哉は答えた。リュックサックから洋菓子店の包みを引っ張り出し、

「野崎さん、あの、これ。うちの親から」

「えー、悪いなあ。でも、ありがとう。スタッフが喜ぶよ。それで、そちらが基哉くんの友だち？」

野崎は腰をねじり、後部座席のドアを摑んだまま立っている咲に目を向けた。咲が頭を下げる。

「長谷部咲です。今日はよろしくお願いします」

「こちらこそ。ライフブランケットの代表の野崎です。僕たちの活動に関心を持ってもらえて嬉しいよ。さあ、乗って」

咲が基哉の横に腰を下ろすと、車は動き出した。細く開いた窓から爽やかな風が吹き込んでくる。咲のフードを縁取るタヌキの尾のようなファーも、柔らかくなびいていた。電車で隣同士に座ったときよりも、彼女が近い。天井が低いからだろうか。濃厚な咲の気配にくらりとした。

バックミラーに映る野崎と目が合った。

「二人は、昼飯はまだだよね？」

「さっき駅ビルで済ませました」

基哉が答えた横で咲も頷く。なあんだ、と野崎は残念そうに顔をしかめ、

「ファミレスにでも寄って、一緒に食べようかと思ってたのに。じゃあ、このまま真っ直ぐシェルターに向かうね」

「お願いします」

幹線道路を走り、住宅街を抜け、基哉の視界は徐々に田畑で埋まっていく。信号をふたつ越えたところで、むくげは元気？　と野崎は尋ねた。認知症の症状が現れてきたことを基哉が告げると、もうそんな年になるのか、と鼻からたっぷり息を吐いた。十四年前、野崎がライフブランケットを起ち上げた直後、保健所より保護したうちの一匹がむくげだった。

「実際に世話をする基哉くんたちは大変だと思うけど、僕としては、ああ、認知症になれたんだなあっていう、感慨みたいなものもあるんだよ。殺処分されるかもしれなかった子が、長生きできたってことだから」

野崎はある雌猫について話し始めた。猫エイズに感染しているほか、左後ろ足の足首から先がなく、里親希望者が現れないまま五年以上もシェルターに暮らしていた子らしい。それが、昨日初めてライフブランケットを訪れた五十代の夫婦によって、その場で引き取られることが決まったという。

「奥さんのほうは大の猫好きで、昔、実家でも飼っていたらしいんだ。でも、結婚して、すぐに育児が始まって、しばらくは全然ペットどころじゃなくて……。最近ようやく子どもの手が離れたから、うちに来てみたって言ってた。久しぶりに猫と暮らせることを、ものすごく喜んでたよ。いやあ、本当によかった。あの夫婦に出会うために、あの子はずっとうちにいたんだな」

「素敵な話ですね」

咲の声は湿っている。横目で表情をうかがうと、鼻の頭が赤くなっていた。

「人懐っこい、大らかな性格の子でね。足の傷もきれいに塞がってるんだけど、ちょっと高いところの上り下りが苦手なんだ。その点をカバーできるよう、先方には先に家の中を調《ととの》えてもらって、それでついさっき引き渡しが完了したところ。むくげみたいに、あの子にも呆けるほど長生きして欲しいよ」

野崎の喋り方は実直だ。動物福祉を説いてやろうという、教育者ぶった匂いがない。女子を連れてきた基哉に、たとえ冗談でも彼女かと尋ねないところも、子どもと対等に向き合う野崎らしかった。小学生のころ、歌のテストが苦痛で仕方がなかった基哉に、たった三分の我慢だから、とか、クラスメイトは全員じゃがいもだと思えばいい、とか、その手のアドバイスをしなかったのは野崎だけだ。口の中に血糊を仕込むのはどうだ、と野崎は言った。指名されると同時に口から血を吐けば、逃げたと思われずに歌のテストから逃れられるよ。そう大真面目に語り、うちの子に変な知恵を吹き込まないでくれ、と父親に注意されていた。

「さあ、もうすぐ着くよ」

野崎がウインカーを点滅させる。犬の鳴き声が近づいてくる。砂利敷きの地面に車は停まった。野崎がエンジンを切ると、鳴き声は一気に大きく膨れた。喜びと苛立ちと不安と、さまざまな感情が入り混じっている。不慣れな人には怖いだろうと思うほどの迫力だった。

「犬たちは、スタッフ全員の車の音を覚えてるんだよね」

狭い道路を挟んで正面に、緑色のフェンスに囲まれた敷地があった。フェンスには足拭きマットやタオルなどが干され、モップも数本立てかけられている。基哉の記憶の中では一棟だったプレハブ小屋が、二棟に増えていた。

「看板は出ていないんですね」

車のドアを開け、咲が意外そうに言った。もっとカラフルに飾りつけられた、ペットショップのようなところを想像していたのかもしれない。それは、と基哉はとっさに口を開いたが、あとが続かなかった。野崎が車の鍵をかけながら続きを引き取った。

「ここがアニマルシェルターだと分かると、自分の家のペットを捨てていく人が出てくるんだ。だから、ホームページにも詳細な住所は載せない。詳しい場所は、見学の申し込みをしてくれた人に、直接メールで知らせてるよ」

「えっ、捨てるの？　自分の家のペットを？　どうして？」

まったく理解できないというように、咲が基哉を見る。すがりつくような目だ。知らないよ、と基哉は首を横に振った。つい切り捨てるような口調になった。いっときでも一緒に暮らした動物を捨てられる理由は、一億回説明されても呑み込める気がしなかった。

「理解できないなら、理解しなくていいよ。理解できてしまうと、持って行かれることもあるから」

「なにをですか？」

咲が尋ねる。

「気持ちとか情とか、そういうもの。許せないは、許せないでいいんだ」

野崎がシェルターに向かって歩き出す。基哉と咲もあとに続いた。真新しいスニーカーに踏みつけられ、砂利が土にめり込んだ。

殺風景な外観とは裏腹に、中は活気と彩りに満ちていた。ネームプレートや掲示物は可愛くデザインされ、里親になった人から送られてきたという写真があちこちに飾られている。幼い子どもが描いたらしき絵もあった。

「保健所や動物愛護センターに収容された動物は、一定期間を過ぎると殺処分の対象になってしまう。そういう子を引き取って、新しく飼い主が見つかるまで世話をするのが、ライフブランケットの主な活動だよ。今いるのは、犬が五十六匹と猫が四十五匹、だったかな。犬は年間を通してあまり数が変わらないけど、猫は多いほうだね。春から秋に二、三回繁殖期があるから」

基哉と咲を連れて、野崎は施設内を巡った。スタッフは皆、忙しそうに動き回りながらも好意的な態度で二人を迎え入れた。基哉が名乗ると、島田先生の、と目を丸くする人もいた。基哉の父親は、獣医師として何度かここを訪れていた。

犬用のケージは、屋根つきの屋外空間に並べられていた。健康に問題のない犬は、ここで暮らしているとのことだった。夏は扇風機が、冬は暖房器具が設置されるそうだ。本来は一ケージに一匹が理想だが、スペースの問題もあり、性格の相性がいいものを二、三匹ずつ同居させているという。柴犬の血が混じっていると思しき小麦色の中型犬が多かった。

「わあ、みんな元気いっぱい」

「毎朝の散歩が大変だよ。でも、人との信頼関係を築くのには欠かせないことだし、散歩のあいだにケージの中を掃除したり消毒したりもするから、そういう意味でも休めないんだ。もちろん、犬たちに各種ワクチンは打っているけど、これほどの集団になると伝染病ほど怖いものはないからね」

咲のひとりごとのような言葉に野崎が応じる。怯えて隅に蹲《うずくま》っていたり、牙を剥いて吠え立てたりしている犬もいるが、大半は人に少しでも構ってもらおうと、目を輝かせて尻尾を振り回していた。その様子が怖かったのか、見学に来ていた幼い男の子が母親の足にしがみつく。遊びたかっただけなんだよ、と、スタッフが説明するも、子どもはすっかり怖《お》じ気《け》づいたようだ。やっぱり猫にする、と泣きべそを掻いている。

「犬はどうにもアピールが下手なんだよなあ」

野崎は苦笑した。

「甘え方が全力投球すぎるというか。その点、猫は上手いよ」

二棟のプレハブ小屋のうち、一棟が丸ごと猫にあてがわれていた。多数が自由にくつろぐ小部屋ほか、ケージが上下段に渡って並ぶ間があり、手を消毒して入った途端、基哉はたちまち猫の匂いに包まれた。鼻に感じる刺激臭と、細い毛が宙を舞う気配。どちらも顔をしかめたくなるような強いものではなく、可能な限り清潔さを保っていることがよく伝わってきた。

最近は猫がブームだからね、との野崎の言葉どおり、中は犬をはるかに凌《しの》ぐ数の見学者でにぎわっていた。スタッフの説明に耳を傾けていたり、猫を抱かせてもらっていたり、緊張感と慈しみが充満している。やがて野崎も里親希望者の対応に追われ始めた。申し訳なさそうな顔をする野崎に、俺たちのことは気にしないでください、と基哉は伝え、咲と二人でケージをひとつひとつ見て回った。この騒々しさにも負けず、腹を上下させて眠る猫がいる。ケージの隙間から前足を伸ばし、見学者の腕を引っ掻こうとする猫もいる。どんな子を前にしても咲は相好《そうごう》を崩した。

「長谷部さんも抱っこする？　スタッフの人に頼めば、抱かせてもらえると思うけど」

「ううん。見ているだけで楽しいから大丈夫」

遠慮しているのかと、基哉は咲の横顔を盗み見た。咲は一匹の白黒猫に、特に熱心な視線を注いでいた。生後四、五ヶ月ほどの大きさで、尾は太く短い。ついごーやのことを思い出し、基哉の胸はざらついた。例えばこのまま二葉との縁が切れたとして、ごーやの爪切りは今後誰が手伝うのだろう。彼女の新しい恋人は猫の扱いに慣れているだろうか。去勢手術は？　二葉は手術を受けさせてくれる？　にゃー、と白黒猫が甘い鳴き声を上げた。咲は白黒猫の足を指でつついた。

「島田くんは、やっぱり獣医になるの？」

「えっ、獣医？」

「お父さんのあと、継がないの？」

ああ、そういうことか、と基哉は頷いた。兄の達己に獣医師になる意思はない。今も大学で経済を学んでいる。基哉が継ぎたいと言えば、親は喜ぶだろう。しかし。

「俺には無理だよ。獣医は頭がよくないとなれないから」

「そうなの？　ぴったりなのにね」

「ぴったり……かな」

「ぴったりだよ。島田くんに診てもらえる動物は幸せだと思う」

咲の目に基哉は気圧された。喜びや励ましや、その手の類いを大きく超えたなにかを与えられた気がして、若干怯んでもいた。三十代ほどの女が基哉の横に立ち、この子をもう一度抱っこさせてもらえますか？　とスタッフに呼びかける。もちろんです、と、スタッフはケージを開け、白黒猫を女の腕に移した。

「可愛い」

女は化粧気のない顔を白黒猫に寄せた。白黒猫に嫌がる素振りはない。女が力強く頷く。

「この子にします」

「里親になってくださるということで、よろしいですか?」

「はい」

「ありがとうございます。では、あちらの部屋で、詳しい説明と手続きをさせていただきますね」

キャリーバッグに猫を入れ、二人は隣の部屋に移っていった。基哉と咲は同時に息を吐き、顔を見合わせた。咲の表情は、淡く発光しているかのように輝いていた。すごいね、と話しかけようとして、基哉は自分の口もまたにやついていることに気づく。動物が誰かに飼われる瞬間を見たのは、これが初めてだった。

「あ、基哉くん、長谷部さん。お待たせ」

見学者の対応に追われていた野崎が戻ってきた。少し落ち着いて話そうか、と、もう一方のプレハブ小屋に案内される。こちらの棟には事務室と、細やかなケアを必要とする犬猫を集めた部屋があるのだと、野崎は説明した。事務室にはほかに誰もいなかった。基哉と咲は勧められるまま、パイプ椅子に腰を下ろした。

「さっきは悪かったね。土日はどうしても来客が多くてさ」

野崎は麦茶の入ったグラスと、木鉢に盛られた菓子をテーブルに並べた。喉が渇いていたのか、自分のぶんの麦茶を一息に飲み干し、

「どうだった?」

「すごく勉強になりました。こちらの普段の様子が、少しだけ分かった気がします」

咲もグラスに口をつけた。急に空腹を覚えた基哉は、木鉢に盛られた菓子に手を伸ばした。煎

餅の包装を開く。醬油の香りが鼻をついたところで隣に咲がいることを思い出し、恥ずかしくなった。

「そう？　だったらよかった」

「俺たちの目の前で、猫の里親になった人がいました」

「本当？　どの猫かな」

「白黒の子です。生後、半年経たないくらいの」

「ああ、あの子か。先週手術が終わって、二日前に譲渡対象にしたばかりだったのに。若いとやっぱり早いなあ」

「手術？」

咲が首を傾げる。野崎ではなく、自分を見てくれたことに、基哉は嬉しくなった。

「不妊手術だよ。ライフブランケットでは、雄も雌も子どもが作れないように必ず手術をするんだ。うちのお父さんも手伝ったことがあるよ」

「不妊手術」

「不幸な犬や猫を少しでも減らしたいと思ったら、結局、想定外の妊娠をさせないことが一番大事なんだよ」

野崎の言葉に、咲はやや視線を下げた。

「想定外の、妊娠ですか」

「そう。特に猫は繁殖力が強い。でも、猫を好きで猫を飼いたいと思っていて、かつ、猫を飼える環境にある人間の数には、いつだって限りがあるからね。ほかにもワクチンだったり、各種検査だったり、いろいろ受けさせるから、うちでは犬猫の里親になる人に、一律で諸経費を負担してもらってる。タダじゃないのかってときどき驚かれるけど、活動を続けるにはどうしたって資金が必要だし、それに、最初にある程度の金額が払えない人間に、この先十数年も生きものの世話ができるとは、僕にはとても思えないんだ」

野崎の声音は熱かったが、喋り方は淡々としていた。何度も何度も思いを巡らせ、何度も何度も人に語り、その摩擦でつやつやに磨かれた理念であることを感じさせた。

「あ、そうだ」

野崎はやにわに立ち上がり、流しで手を洗った。

「この子が行きの車で話した、五年以上うちにいた猫だよ」

メタルラックに並んだファイルから一冊を抜き出し、野崎はそれを二人の前に広げた。書類と共に数枚の写真が収まっている。写っていたのは、背中と顔の一部に縞模様の入った、耳の大きな猫だった。目は細く、鼻の両脇には深い皺が刻まれ、お世辞にも美形ではない。倦《う》んだような目つきが印象的だった。

「キミっていうんだ」

「キミ？　そういえば、シェルターには名前のついている子とついていない子がいるんですね」

咲がファイルから顔を上げた。

「なかなか引き取り手が現れない場合は、うちでつけちゃうよ。管理番号で呼ぶのも寂しいからね」

「あの、どうしてその夫婦はキミを選んだんですか？」

写真を見ているうちに基哉の胸に湧いた、率直な思いだった。口にしてから、失礼な質問だったと慌てたが、野崎は柔和な面持ちで首を縦に振り、

「そうだよね。成猫で、猫エイズのキャリアで、左後ろ足はないし、顔もまあ、一般的な可愛さからは離れている。特にうちは、引き取りの際に負担してもらう諸経費が一律だから、不思議に思うのも無理はないよ。実際、若くて健康で器量のいい子ほど、すぐに里親が決まるからね」

と、基哉の疑問を受け止めた。

「ぴんときたんだって。その夫婦はかなり腕白な男の子を三人も育てたらしくて、多少手のかかる子でないと、私たちにはもの足りないってことかもしれませんって笑ってた。同情だけが動機じゃなかったことに、正直なところ、僕も安心したよ。少し時間はかかったけど、キミが素晴らしい里親に巡り合えて、本当に嬉しい」

基哉はファイルに視線を戻した。スタッフに抱かれて気持ちよさそうに目を細めていたり、ケージの中で仰向けになって寝ていたり、キミの写真は野崎が大らかと評した性格が伝わってくるものばかりだ。さくらのほうが百倍可愛いという感想に変わりはなかったが、その夫婦にとっては、キミこそがさくらなのだと思った。

「どんな犬猫にも運命の人はいて、あとは寿命が尽きてしまう前に出会えるかどうかだと僕は思ってる。だからこそ、彼らには一日でも長く生きて欲しいんだ」

運命の人だって、と咲が呟いたのは、野崎と別れ、帰りの電車に乗り込んだ直後のことだった。車内は空いていたが、基哉と咲はなんとなくドアの前に立っていた。秋の日暮れは早い。街並みはセロファン紙を透かしたみたいに、赤色に沈んでいる。一定のリズムで身体を揺すぶられ、こ

のまま眠ってしまいたい心地よさと、まだ今日を終わらせたくない焦燥とが、身体の内側でせめぎ合っていた。

「うん。そう言ってたね、野崎さん」

「そんなの、本当にあるのかな。ぴんとくるなんて信じられないな」

基哉は隣に視線を向けた。唇をきゅっと結び、真剣な眼差しで窓の外を見つめる横顔。そうだ、二年前の入学式の日、この目でみんなの自己紹介を聞く咲に一目惚れしたのだった。自分や弦のたどたどしい喋りにも、咲は笑うことなく耳を傾けてくれた。赤っぽく照らされた彼女の頬に、好きだという気持ちが喉まで迫り上がった。

「あると思うよ」

押し殺したような声音になった。咲がはっと基哉を振り仰いだ。

「島田くんって」

「うん」

「年上の彼女がいるの？　そんな噂を前に聞いたことがあるんだけど」

咲への思いは散り散りになり、代わりに混乱が押し寄せてきた。違う。思わず叫びそうになる。しかし、打算がぎりぎりのところで言葉を堰《せ》き止めた。二葉は恋人ではないと咲に打ち明け、このことが万が一にも啓太の耳に届いたら、やっと馴染み始めた今のグループから排除されるかもしれない。自分よりレベルの低い人間。図書室で啓太が発したこの一言は、今なお基哉に衝撃を残している。修学旅行を二週間後に控えた今、居場所を失うことは、なんとしても避けたい。また、咲との接点を失い、いちクラスメイトに逆戻りするのも嫌だった。

「まあ、うん。そうだね」

目を逸らし、歯切れ悪く頷いた。脇に掻いた汗がシャツに染み出すのを感じる。暑くて寒い。倒れそうだ。基哉はさりげなく手すりを摑んだ。

「初めて彼女さんと会ったとき、ぴんときた？」

「いや、そういう感じでもなかった、かな」

「彼女さんの、どういうところが好きなの？」

「明るいとこ、とか」

会話が奇妙にねじれていく。二葉とはすでに縁が切れているかもしれないというのに。だが、基哉にそれを修正する術《すべ》はなかった。じわじわと胸を侵食する、もしかしたらひどい悪手を打ったかもしれないという不安には、必死で気づかないふりをした。

「素敵な人なんだろうな、島田くんの彼女さん」

咲は口角を上げ、やや大袈裟にも見える笑顔を浮かべた。

「でも、びっくりした。有馬くんは、そんな話は嘘だって言ってたんだよ。ただの噂だから、絶対に無視しろって」

「それは……俺が頼んだんだよ。変に注目されると嫌だから」

「有馬くんって、意外と友だち思いだったんだね。じゃあ、今のはここだけの話ってことで」

唇に人差し指を当てる咲に後ろめたさを覚えながらも、基哉はぼろが出なかったことにほっとした。電車は停止と発進を繰り返しながら、降りる予定の駅に近づいていく。この先、二人は別々の路線に乗り換える。基哉にとっては次の駅こそが、今日という日の終点だった。窓を流れる景色のスピードが徐々に緩やかになり、無機質なアナウンスが車内に響く。できることなら永遠に走り続けて欲しい。基哉のその願いは、当然叶わない。

基哉と咲のライフブランケットの話に、啓太たちはほとんど食いつかなかった。本当に行ったの？　と鈴花が尋ね、行ったよ、と咲が頷き、小さな質問とそれに対する答えが二、三個飛び交うと、それで終わった。咲は悔しそうな顔をしていたが、基哉は構わなかった。あの日の記憶は、ほかの誰とも共有したくなかった。

刻々と修学旅行の日が迫っていた。基哉は母親にクロップドパンツを一着買い足してもらった。そのほかの服と鞄は、達己から借りることで話がついている。携帯用の歯ブラシと雨具は新調し、めいっぱい悩んで千円ぶんのおやつも選んだ。しおりの持ちもの欄にチェックを入れながら、こんなふうに学校行事を楽しみにするのは初めてだと思った。

唯一の心配は、風邪気味の啓太だった。出発の三日前から、啓太はマスクを着けて登校するようになり、もしかしたら修学旅行は休むかもしれないと、たびたび周囲にこぼしていた。亮、浩輝、龍之介ともだいぶ打ち解けてはいたが、自分をこのグループに留めているのは啓太にほかならないことを、基哉は重々承知していた。啓太抜きの三日間を想像すると恐ろしかった。

出発前夜、荷物を鞄に詰め込み、基哉は早々にベッドに入った。しかし、期待と不安でいまいち熟睡できない。三度目に瞼を開いたとき、獣が唸っているような声が聞こえた気がして、ますます意識が醒めた。初めはむくげの認知症の症状かと思ったが、明らかにもっと大きな生きものが発している音だ。基哉はそうっとベッドを降り、自室のドアをさらに開放した。途端に声の主がはっきりする。達己の部屋から、か細い光が漏れていた。

達己は今日も、基哉が起きているあいだには帰って来なかった。姿を見るのは二日ぶりだ。達己は一体何時ごろ家に着き、そして、今は何時なのだろう。判然としないまま部屋を出る。両親の寝室はしっかりと閉ざされ、二人が気づいた様子はない。足音を殺し、ゆっくりと光の線に近づいた。隙間に目を凝らす。達己がベッドに顔を押し当て、嗚咽を漏らしていた。

「なんで……俺のなにが……なにがだめ……だよおっ」

切れ切れに聞こえてくる言葉には憎悪がこもっていた。達己の拳がマットレスに叩きつけられる。埃が舞った。おまえが女だったとして、やっぱり俺とは付き合えない？　先日の突飛な問いかけが頭をよぎった。近ごろ、達己は様子がおかしかった。上機嫌でストレイトの話をする回数が減り、母親へのあたりが厳しくなった。どうせ俺のことを好きになる奴なんていないよ、とぼやかれたこともある。返事に困り、基哉は聞こえなかったふりをした。

呻きや嗚咽よりも泣き声が大きくなると、基哉は忍び足で自室に戻った。必死の努力の果てに、人から羨まれる大学に入り、童貞を捨て、共に騒げる仲間を手にしたはずの達己が苦悩する姿に、足がふらつきそうだ。部屋のドアを弱い力で閉じる。さっきまでいなかったさくらが、ベッドの上に足を畳んで座っていた。洞窟の中、焚き火を見つけたような思いで基哉はさくらを抱える。柔らかな毛が頬を撫でた。

5

スニーカーの底が地面を踏み締めるたび、皮膚の下に熱が生まれ、汗がにじみ出る。確かにしおりには、十一月の沖縄の平均気温は二十二度と記載されていた。これは、本州の六月と同じくらいであるとも。しかし、東京の早朝は十度を下回る気温で、空港に着くまでのあいだに、二十二度に対する想像はすっかり変わっていた。さぞ暖かくて気持ちいいだろうとの期待は飛行機を降りた途端に打ち砕かれ、暑い、と基哉は嘆息する。これ夏じゃん、と亮が喚いている。

朝八時前に離陸した飛行機は、十時半過ぎに那覇空港に到着した。空は快晴、飛行機は安定して飛び、順調なフライトだった。機内では、基哉は啓太と隣同士になった。啓太は今日もマスクを着けていたが、欠席でなかったことにとにかくほっとした。大丈夫？　と基哉が尋ねると、あ、と啓太は低い声で頷いた。担任教師の上原からも、決して無理をしないよう言われていた。

空港の駐車場には大型バスが五クラスぶん、五台並んで停まっていた。ひまわりのような真っ黄色の車体は、遠目にも眩しい。そこに向かってぞろぞろ歩くクラスメイトは、全員が夏の制服姿だ。一日目の今日は、平和学習が予定されている。戦争に関係する場所を巡るため、制服の着用が課せられていた。

「あ、一番左。俺、一番左がいい」

亮が声を上げた。本人は声量を抑えたつもりのようだが、ひどく興奮した調子は浩輝と啓太を挟んだ基哉のところまで届いた。バスの前に並ぶ、五人の添乗員。亮は左端の彼女を気に入ったらしい。五人は白いシャツに青いベストという格好で、つばに丸みのある帽子を被っていた。服装が同じぶん、顔やスタイルの差異がよく目立つ。左端は唯一の細身だった。タイトスカートから伸びる長い脚に、基哉も視線を奪われた。

「1、4、5、3、2」

浩輝が暗号を読み上げるように数字を口にした。亮と龍之介が、ああ、と声を合わせる。一拍遅れて、基哉はそれがランキングであることに気づいた。浩輝は添乗員たちを順位づけしたのだ。左端が一位で、左から二番目が四位、真ん中が最下位という意味だろう。

「っていうか、真ん中はばばあだよな。俺、あいつだけは嫌だな」

亮の発言に、まあな、と龍之介が頷く。

「真ん中は論外として、俺は左端より一番右がいい。胸、でかいし。なあ、啓太は？　どれがいい？」

「俺も一番左」

「あんたたち、ひどーい。真ん中の人が可哀想でしょう」

鈴花が啓太の背中を叩いた。口では注意していても、その動作には多分に愉悦が含まれている。最っ低、と抗議する希海の声もやはり笑い混じりで、咲だけが氷のような目で啓太たちを見ていた。基哉は誰がいい？　と訊かれたらどう答えようかと焦ったが、そうなるより先にバスの前に整列させられた。今日から三日間、よろしくお願いします、と全員で頭を下げ、クラスごとにバスに乗り込む。右から二番目の添乗員が、基哉のクラス、三年二組の担当だった。普通だな、普通普通、と、亮と浩輝が囁き合うのが聞こえた。

エアコンはあらかじめ効かせてあったらしい。バスの中は肌が粟立つほどに冷えていた。生徒と上原が着席すると、バスガイドの彼女は挨拶を始めた。名前は宮里夏美《みやさとなつみ》、沖縄生まれの沖縄育ちだそうだ。年齢はご想像にお任せします、と、沖縄訛《なま》りではにかむ彼女に、車内から、えー、と抗議の声が上がる。宮里は二十代後半と思われたが、笑った顔は幼く、近所に住んでいそうな親しみに溢れていた。俺、やっぱりいけるかも、と亮が漏らし、なにがいけるんだよ、と隣の浩輝に頭をひっぱたかれる。上原が、そこ、ふざけないよ、と注意し、二人が静まったところでバスは出発した。

これから本島の南部、太平洋戦争で激戦地となった場所に赴く。隣席の啓太は、通路を挟んで亮と喋っていた。動き始めた窓の外に基哉は目を移した。ゆいレールの線路が頭上を走っている。広すぎる空を分断しているようだ。道はところどころにヤシの木が植わり、柔らかな陽光の下、大きな葉が揺れていた。街路樹の一本一本が、東京よりはるかに生き生きとして見えた。

今朝は六時半に羽田空港に集合だった。頭の奥に鈍痛にも似た眠気を感じる。だが、眠れそうにない。昨晩の達己の声が頭から消えなかった。それが呼び水になったかのように、修学旅行を楽しみにしていた思いがしぼんでいた。人と話したい気持ちも薄く、窓側の席に座れたのは幸いだった。

「あちらに見えるのが、自衛隊の基地です」

白い手袋をはめた手を上げ、宮里がはきはきと説明する。沖縄に降り立ち、まだ小一時間ほどしか経っていなかったが、空の低いところを飛ぶ飛行機やヘリコプターは、すでに何機も見かけていた。今も、地上からはゆいレールの線路にぶつかりそうに見える高さを、一機の飛行機が進んでいる。バスの中にいても、エンジン音の大きさはよく分かった。基哉は見えなくなるまでそれを目で追った。

「みなさんもすでにご存知かと思いますが、沖縄県の面積の一割は、米軍の基地です。そして、日本にある米軍施設のおよそ七十五パーセントは、沖縄にあると言われています」

無邪気さを感じられる外見とは裏腹に、宮里のガイドは落ち着いていた。今までにも幾度となく修学旅行生を相手にしてきたのだろう。男子中学生に順位づけされたことにも、きっと気がついたはずだ。基哉はライフブランケットに見学に行った際の野崎の言葉を思い出した。若くて健康で器量のいい子ほど、すぐに里親が決まるからね。人も動物も同じだ、と基哉は思う。条件を満たすほど需要は高くなる。世界が嘘にまみれているなんてそれこそ嘘で、世界はとても正直だ。

しばらく走ると海が見えてきた。車内のあちこちで歓声が上がる。事前学習の際に美しい海の写真を何枚も見たからか、思っていたより青くないというのが、率直な印象だった。数年前に家族旅行で行ったハワイのほうがきれいだ。しかし、凝視しているうちに、高い透明度と明るい青色を認められるようになってくる。うわー、飛び込みたい、と誰かが声を上げた。

十一時半前、バスはひめゆりの塔の駐車場に停まった。まずは塔の前でクラスごとに献花し、黙禱《もくとう》を捧げた。塔という名称からは想像できないほど小さな石碑で、宮里はそれを、戦後間もなく、物資のない環境下で建てられたからだと説明した。その奥に設えられた慰霊碑のほうが、はるかに立派だった。塔と慰霊碑のあいだには、ガマと呼ばれる壕《ごう》の跡が暗い口を開けていた。ここでひめゆり学徒を含む八十人余りが命を落としたのだと、宮里は話を続けた。黙禱のあいだは誰一人、騒がなかった。

その後、駐車場の隣のレストランで昼食を摂った。テーブルにはすでに全員ぶんの膳が準備されていた。重箱に収められた沖縄料理は、給食のランチボックスにも似ている。いただきますの唱和が終わると、女子の多くはデジタルカメラを重箱に向けた。その横顔に、ひめゆりの塔の前で見せていた真剣な面持ちは、もうない。

「なあ、これなに？」

亮が重箱の一画を箸で指す。浩輝が面倒くさそうに答える。

「ミミガーだろ」

「ミミガーって？」

「豚の耳」

「俺、そういうの無理なんだけど」

亮は浩輝の重箱にミミガーを移した。おまえ、ちゃんと食えよ、と浩輝がそれを差し戻す。コリコリして美味いよ、と龍之介が口を挟み、だったらちょうだい、俺、結構好きかも、と啓太が亮のミミガーを引き受けた。食欲はあるようだ。啓太の様子に基哉は安堵する。五時過ぎに朝食を食べたっきりの基哉もかなりの空腹で、残さず膳を平らげた。ランチョンミートが美味しかった。

午後は、ひめゆりの塔からほど近くの平和祈念公園を散策した。一時半までは班別自由行動だった。公園は海に面した台地にあり、潮風が満腹の身体に快く、方角によっては水平線が望めた。基哉たちは平和の丘というアーチ型の彫像をくぐり、それから平和の礎《いしじ》を見た。外国人兵士を含む、二十四万人余の戦没者の名前が刻まれた、巨大な石板のようなものだった。そののち、クラスで集合し、平和祈念資料館を見学した。写真や立体地図が生々しく戦争の状況を伝え、体験者の証言文や証言映像、焼け残った手紙などが、振り絞るように当時の思いを語っている。初めはエアコンが効いていることに喜んでいた生徒たちも、次第に無口になった。展示物の前で泣き出す女子もいた。

基哉が最も衝撃を受けたのが、実物大のガマのジオラマだった。狭い洞窟にぼろぼろの衣服を身に着けた数人が座り込み、その傍らには、銃を手にした日本兵が立っている。表情をあぶり出すようなライトアップが恐ろしかった。米軍による攻撃だけでなく、味方であるはずの日本兵による住民虐殺や、強制集団死で亡くなった人も少なくないとの説明に、基哉の足裏は地面に貼りついたようになった。

そのときだった。基哉の肩になにかがぶつかった。

「あっ」

振り向くと、尚介が唖然とした顔でこちらを見上げていた。急に立ち止まった基哉の動きを読み切れなかったようだ。すぐ後ろの弦も、やはり戸惑いの表情を浮かべている。ちゃんと前を見て歩けよと文句を言おうか、それともこれみよがしに舌打ちしようか、基哉は悩んだ。固い沈黙が三人のあいだに流れる。数秒後、覚悟を決めたように尚介の目つきが鋭くなった。

「……らぎり者」

「えっ」

「裏切り者っ」

小声で吐き捨てると、尚介は弦の腕を引き、基哉を追い越していった。裏切り者。その言葉が耳の中で繰り返されるにつれ、胸の奥に裂傷が走る。もう友だちではいられないと、先に宣言したのは尚介だ。それに追従したのは弦。啓太に声をかけられるまでの数日間は、本当に辛かった。あのときの苦しみを、基哉は唇を噛んで思い出す。しかし、今は怒りよりも痛みのほうを強く感じた。残りの展示物はろくに見ないまま、気がつくと出口に立っていた。

外に出ると同時に、龍之介が、

「俺、まじで平成に生まれてよかったわ」

と、伸びをした。

「だな」

啓太が頷く。

「俺も。兵隊なんて絶対に無理。まず血が無理」

亮の顔色は若干白んでいる。展示物によほどショックを受けたようだ。情けねえな、と浩輝が笑うと、平気なほうがおかしいんだよ、と亮は言い返した。

「おまえらうるさい。それにしても暑いな」

龍之介が首元を手のひらで扇いだ。

「俺は腹が減ったな。早く夕食が食いたい」

浩輝の嘆きを啓太が鼻で笑う。

「馬鹿。まだ二時半だぞ」

「じゃあおやつだ。なあ、亮はなに持ってきた？」

「ポテトチップスと、コーラグミと、ラムネと、飴と、小さい煎餅がいっぱい入ってるやつと」

「煎餅か。いいな。俺のひねりあげと少し交換してよ」

「ひねりあげって、浩輝、じじいかよ」

「分かってねえな。ひねりあげって、めちゃくちゃ美味いんだぞ。ポテチに勝つから」

「嘘だあ。ポテチには負けるだろ」

「いや、ひねりあげのほうが絶対に美味い」

上原の先導に従って駐車場に向かう。基哉は平和祈念資料館のほうを振り返った。戦争の悲惨さは理解したつもりだ。決して繰り返してはならないことも、また、命の尊さも。しかし、ひめゆりの塔に黙禱を捧げたあとでも腹は減り、ガマの展示に呆然としたのちも、元友人の一言で心は簡単に現実に引き戻される。平和に感謝した三秒後には暑さを嘆き、おやつの話で盛り上がる。そうだ、なにを学んでも、中学生であることはやめられない。

資料館の赤瓦屋根にはいくつものシーサーが載っていた。彼らの視線を振り切るように、基哉は前に向き直った。


本島北西部のホテルに着いたとき、時刻は午後六時を回っていた。三時間強にも及ぶ大移動だった。皆、菓子を交換したり友だちと喋ったり、はたまた宮里を質問攻めにしたりしてバスでの時間を過ごしていたが、時計の針が四時半を過ぎたあたりから、睡魔に負ける者が続出した。啓太も隣で寝息を立てている。それでも基哉は眠れなかった。裏切り者。暮れゆく空の美しさが目に染みた。

ホテルの部屋は、班ごとに割り当てられていた。自分のベッドをジャンケンで決める。一番に勝った基哉はすかさず壁際を選んだ。負けた浩輝がエキストラベッドだ。六時半にはビュッフェ形式の夕食が始まり、三年生全員が大ホールに集まった。料理は肉や揚げものが特に多く、頻繁に席を立つ男子があとを絶たなかった。女子は大半がデザートに夢中になっていた。その中に咲を見つけた基哉は、熱心にプチケーキを選ぶ姿に口元を緩めた。咲だけはいつも、中学生の醜悪さから無縁に思えた。

夕食のあとは入浴だ。二組が大浴場を使える時間は、八時二十分から四十分まで。遅れれば、そのぶんあとが慌ただしくなる。これから同級生の前で裸になることに緊張を感じつつも、基哉は着替えとタオルの準備をした。亮と浩輝と龍之介も自分の鞄に手を入れている。啓太だけがベッドにのんびり腰掛けていた。

「啓太は？　準備しないの？」

浩輝の問いに啓太は、

「俺、大浴場はパス。体調のことを上原先生に話したら、やめとけって言われた」

啓太が風邪気味だったことを基哉は思い出した。昼食時以来、マスクを着けていなかったため、失念していた。そうなの？　と浩輝も釈然としない顔だ。

「残念だけど、部屋で留守番してるよ」

「じゃあ、またあとで」

「ああ」

啓太を残し、四人で大浴場に向かった。脱衣所では、自分の裸を見られたくない思いと、そう考えていることを知られたくない気持ち、隙あらば相手の裸を見てやりたい好奇心が人数分、所狭しと飛び交っていた。基哉はズボンと下着を一緒に下ろした。亮たちに声をかけ、股間をタオルで軽く隠して先に浴場へ入る。洗い場の椅子に腰を下ろして脚を閉じれば、一番大事な部分は見えにくくなるはずだ。基哉の性器は毛が生え、皮は剝け始めていて、大きさも特に気にしたことはない。形も普通だと思っている。それでも堂々と振る舞う勇気はなかった。

啓太を除いた二組の男子が揃うと、大浴場は大変なにぎわいに包まれた。声や物音が反響し、基哉は平衡感覚がおかしくなったように感じた。緊張のほぐれてきたらしい亮と浩輝が、うわ、こいつまじででかい、と、弓道部の男子を指差して笑う。やめろよ、と弓道部の彼は迷惑そうに背を丸めた。尚介と弦は洗い場の隅で頭を洗っていた。存在を消そうとしているかのように、二人とも懸命に身を縮こまらせていた。

十分ほど湯船に浸かり、着替えて部屋に戻った。出迎えに現れた啓太の格好も、自分と同じ体操服に変わっている。髪は濡れ、どうやら部屋のシャワーを使ったようだ。亮はさっそく弓道部の彼の性器の件を報告した。意外だな、と啓太が口角を上げる。明日は一緒に入れるといいな、と言う龍之介には、そうだな、と顎を引いていた。

消灯時間は十時だ。まだ一時間以上ある。基哉はスマートフォンの電源をオンにした。修学旅行のあいだも、この自由時間だけは使用が許されている。一日目のホテルに着いた旨を、さっそく母親にメッセージで知らせた。反応はすぐに返ってきた。基哉お兄ちゃん、寂しいよう、と台詞の挿入されたさくらの画像が送られてくる。家には父親も母親も、達己もむくげもいる。まさかさくらが本当に寂しがっているとは思わなかったが、胸は切なくなった。

「なあ、先生たちって、何時ごろ寝るのかな？　夜中も見回りすると思う？」

ベッドの上に寝そべり、亮が言った。亮は女子の部屋に遊びに行くことを夢見ていたらしい。しかし、男子が使用しているフロアと女子が使用しているフロアの出入口付近にはそれぞれ教師が立っていて、とても叶えられそうにない。楽しみを奪われたと、さっきまで足をばたつかせていた。

「どうだろうな。俺の兄ちゃんの高校では、夜中も先生が交代で巡回してたらしいけど。それで、トイレでやってるところを見つかったカップルがいて、大問題になったって」

浩輝の答えに、亮と龍之介はにわかに色めき立った。それぞれスマートフォンから顔を上げ、ぎらついた視線を浩輝に送る。

「それって、夜中にこっそり抜け出して、トイレで待ち合わせをしたってこと？」

「さすがは高校生だな」

「でもさ、トイレってやばくない？　どれだけやりたかったんだよ」

「なんでばれたんだ？　声？」

「そこまでは知らねえよ。っていうか、四組の俊平《しゅんぺい》と五組の雛美《ひなみ》あたりもトイレでやりそうな気がするんだけど」

「確かに。あいつら、廊下でもいちゃいちゃしてるもんな。うっわ、想像したら興奮してきた」

龍之介は股のあいだを押さえ、亮が大笑いしながらベッドの上を転がる。そこに浩輝が枕を放ったのを機に、枕投げが始まった。啓太も加わり、よっつの枕が宙を飛び交う。おまえも来いよ、と龍之介に誘われたが、飲みものを買ってくる、と基哉はベッドから立ち上がった。参加したほうが場の雰囲気を壊さないことは分かっていたが、上手くはしゃげる自信がなかった。なんだよ、感じ悪いな、と浩輝が低い声で呟く。部屋にしじまが広がった。

「いいじゃん、行ってこいよ」

沈黙を破ったのは啓太だった。

「なんでそうやって基哉の肩を持つんだよ、啓太は。基哉にばっかり、すげえ気を遣うよな」

「そんなことねえよ。たかが枕投げだろ。ほら、基哉、行ってこいよ。ノックしたら開けてやるから」

啓太にドアをしゃくられ、基哉は財布とスマートフォンを摑んで廊下に出た。オートロックの作動する音が聞こえる。ため息が漏れた。このフロアの隅にも自動販売機コーナーはあったが、九時半まではホテルの売店が利用できることを思い出し、エレベーターで一階に降りた。できるだけ部屋から離れたかった。

コンビニエンスストアの半分程度の、狭い店だった。商品の半分以上は土産物で、そのほかには飲みものやアイス、文房具などがほそぼそと売られている。近くに立っていた四組の担任教師に軽く会釈し、店に入った。四、五人の同級生が土産物を冷やかしているほか、一般の客の姿はない。とりあえずジュースを買おうと、基哉は冷蔵ケースの前に立った。

「島田くん？」

顔を確かめるまでもなかった。咲だ。全身の毛穴が一気に開いたような気がした。努めて平常心を保ち、基哉は後ろを振り返った。普段より一回り頭の小さな咲が立っている。まだ湿っているのか、髪が重たげな艶を放っていた。ついさっきまで、このホテルには裸の咲がいたのだ。突然思い至った真実に、見慣れているはずの体操服が強烈な色気を帯びたように感じた。

「ど、どうしたの？　一人？」

　どぎまぎと基哉は尋ねた。すばやくあたりを見回したが、鈴花や希海の影はない。逃げてきちゃった、と咲は肩をすくめて微笑んだ。

「なにから？」

「一組の鈴花の友だちが、今、部屋に遊びに来てるの。その子は高校生と付き合ってて、だから、なんていうか、恋愛話がちょっと生々しくて」

　ここまで言って、咲は我に返ったように首を横に振った。

「ごめんね、変なこと言って」

「ううん」

「島田くんは？」

「お、俺は喉が渇いて、それで」

　目についたシークヮーサー味のソーダを手に取り、基哉はレジで精算した。酸味の強い果物は得意ではないと思い出したのは、店を出てからのことだった。女子も性的な話をするという事実に動揺していた。その場ではどんなことが打ち明けられ、聞いている側はどんな相槌を打つのだろう。基哉がエレベーターに向かって歩き出すと、咲はごく自然にあとをついてきた。よく見ると、咲は財布も持っていなかった。

「私、おかしいのかな」

　咲が不安そうにこぼした。

「な、なんで？」

「みんなは普通に話してるのに。動物のことなら平気なのに」

俯き、床の強度を確かめるように、咲は一歩ずつ廊下を進む。さっきの話の続きだと、基哉はすぐに理解した。咲に合わせ、歩く速度を緩める。シャンプーの香りが鼻先をくすぐった。咲はホテルの備品を使わなかったのかもしれない。自分とはまるで違う甘やかな匂いだった。

「私ね」

「うん」

「年の離れたお姉ちゃんがいるんだ」

「そ、そうなんだ」

話の着地点が分からないまま、基哉は頷いた。

「私が小学五年生のときに、お姉ちゃんに……その、赤ちゃんができてね。まだ大学生だったから、大騒ぎになったの。お姉ちゃんは産みたくて、彼氏は産まないで欲しくて、お父さんとお母さんはお姉ちゃんにも彼氏にも怒ってて、毎日が戦争みたいだった」

「う、うん」

「それで、お姉ちゃんは結局中絶手術を受けたんだけど」

「へ、へえ」

別次元の出来事を聞かされているようだった。セックスによって子どもができるということに、自慰行為の果てに放っているものが生殖活動には欠かせないということに、基哉は普段、まったく現実感を抱いていない。性欲は身近でも、生殖は果てなく遠かった。妊娠。中絶。相槌がぎこちなくなるのが自分でも分かった。咲は苦しそうな表情で続けた。

「社会人になって、一年後かな。結婚したんだ、お姉ちゃん。その彼氏とは違う男の人と。大学時代に中絶したことは、旦那さんには死ぬまで内緒にするんだって。お父さんとお母さんも、前の妊娠のときには泣いて怒って大変だったのに、結婚した途端、今度は早く孫の顔が見たいって言い始めて」

「うん」

「汚いよね。みんな、本当に汚い。自分勝手で、最低だよ。だから私はそういうことは絶対にしないって、そのときに決めたんだ。一生誰とも付き合わないって。誰のことも好きにならないって」

咲が顔を上げる。頬はうっすら上気し、目つきは険しい。もし基哉が咲を思い浮かべて自慰をしていると知られれば、二度と口を利いてもらえないだろう。全裸にして、淫らなポーズを取らせ、喘《あえ》がせているのだ。目も合わせなくなるに違いない。基哉はこれまでにデータから消去したモンスターのことを思い出した。確かに汚い。この上なく身勝手で、愚かだ。

「でも」

シークヮーサーソーダのペットボトルを握り締めた。

「でも？」

「そういうことをしたくないから誰のことも好きにならないっていうのは、ちょっと違うような気がする。誰かを好きになることと、そういうことをしたいっていう気持ちは、全然違うものかもしれないよ」

嘘だ、と思う。咲の裸を見たい、咲の身体に触りたい。その手の欲望は大きくなったり小さくなったりしながら、いつでも胸の真ん中にある。誰かを好きになることと、セックスをしたい気持ちは同じじゃない？　きれいごとだ。だが、こんなふうに話せるようになるずっと前から咲を好きだったことも、また事実だった。永遠に触れられないような相手に惹かれることもあると、基哉は痛いくらいに知っている。思い人が友だちと笑っているところを見ただけで、心は満たされるということも。

「そ、それに、は、長谷部さんのことを本当に好きな人だったら、長谷部さんの嫌がることはしないんじゃないかな。そのくらい長谷部さんのことを大事に考えている人は、絶対にいると思う。だから、そういう人の気持ちまで、あんまり簡単に切り捨てないで欲しいっていうか」

例えば、万が一、奇跡的に咲と付き合えることになったら、自分は彼女を大切にする。絶対に傷つけない。基哉は拳を握った。

「島田くん」

気がつくと、エレベーターの前に立っていた。熱弁を振るった気恥ずかしさから、基哉は逃げ場所を求めるようにボタンを押した。四基のうちの一基が一階に到着し、臙脂《えんじ》色のドアが音を立てて開く。あと五分だよ、と騒ぎながら、隣のクラスの女子が三人、売店のほうへ駆けていく。

「の、乗ろうか。女子は四階だったたっけ？」

「あ、うん。男子は五階だよね」

エレベーターに乗り込んだあとは、どちらも無言だった。基哉はひたすらに階数ボタンの並んだパネルを見つめた。早く四階に着いて欲しい気持ちと、まったく反対の気持ちが交互に襲いかかってくる。やがてモーター音が止まった。数字の4が星のように点滅している。

「おやすみ」

エレベーターから降りた咲が振り返り、胸の前で手を揺らした。

「おやすみ」

基哉も振り返した。ドアが隙間なく閉ざされるまで、咲はその場から動かなかった。


部屋に戻ると、枕投げは終わっていた。あまりのうるささに、五組の担任教師が注意しに来たそうだ。皺くちゃのシーツとよれた掛け布団が、戦いの激しさを物語っていた。すっかり大人しくなった四人は、スマートフォンを触りつつ、備えつけの液晶テレビを眺めていた。学校の机ほどの大きさの画面には、関東でも放送されているバラエティ番組が映っている。こいつつまんねえよな、と出演者の一人を指差した亮に、来年には消えてるんじゃねえの、と浩輝が返した。フリートークが下手なんだよな、と啓太もそれに同じた。

そして、十時十分。上原が就寝の挨拶にやって来た。大人しく寝るんだよ、と言う上原に、当たり前じゃないですか、と、啓太は芝居がかった反応を返した。上原がドアを閉めると、一瞬、目が潰れたのかと思うほどの濃い闇に包まれた。上原はそのまま隣室に移動したようだ。壁越しに声が聞こえてくる。それも消え、基哉の目が暗闇に慣れ始めたころ、亮が口を開いた。

「なあ。さっきの話だけど」

「どれのこと?」

龍之介だ。移動中のバスで涎を垂らして眠りこけていた龍之介は、元気が有り余っているようだ。潑剌とした喋り方だった。

「俊平と雛美の話」

と、亮が答えた。

「結構遡るな」

すかさず啓太が茶化した。

「あの二人、本当にトイレでやらないかな。可能性はあるよな？」

「おまえ、なに期待してるんだよ。さすがに修学旅行中に、そんな無茶はしないだろ」

浩輝はあっさり一笑に付した。唇の片端をめくるようにつり上げている顔が、目に浮かぶようだ。基哉はなるべく静かに寝返りを打ち、身体の正面を壁に向けた。掛け布団を鼻の頭まで引き上げる。糊の効いたシーツは手触りが硬く、エアコンでよく冷やされていた。さくらとくっついて眠りたい。そう思いながら目を閉じた。

「あいつら、何回くらいやったのかな。付き合い始めて、今、三ヶ月くらい？　月に一回として、三回か」

「えー、月に一回もできるかあ？　俊平の家も雛美のところも、下に弟妹がいるよな？　場所がないんじゃないの？」

龍之介の返答に、でもさ、と亮が口ごもる。それから、

「雛美ってさ」

と、やけに丁寧に声を出した。

「なんだよ」

「顔は微妙だけど、胸はでかいよな」

この一言を機に猥談《わいだん》が始まった。誰の胸を見たいか、揉みたいか。有名人から同級生までを俎《そ》上《じょう》に載せ、四人は次々と捌いていく。お金をもらっても無理、と拒否される女子がいて、一秒、いや、〇・五秒でいいから触りたいと懇願の対象になる有名人がいた。何組の誰々は赤い下着を着てきたことがあるとか、誰々は唇についたマヨネーズを舐め取るときの顔がエロかったとか、彼らの喋りは次第に過熱していった。鈴花と希海と咲の名前も出た。土下座して頼んだら触らせてくれないかな、と亮は嘆くように言った。

「まあ、咲は無理だとして、鈴花と希海はいけそうな気がしない?」

「しねえよ」

浩輝は笑って、

「っていうか、小さいよな、咲は。せっかく顔は可愛いのにさ」

聞きたくないと思いながらも、耳はしっかり浩輝の評を捉えてしまう。一通りの女子を斬ったあとは、より快楽を得られる自慰の方法を、インターネットで得たという性の知識を、四人は語り始めた。

「そうだ。俺、お宝映像を見つけたんだ」

言うなり亮はベッドから飛び降りたようだ。とん、と床を打つ音に、基哉は瞼を開いた。ファスナーを開閉する音がして、室内に青白い光が灯る。水っぽく薄まった影が壁に映し出された。どうやら亮はスマートフォンを操作しているらしい。画面をタップしているような音が響いた。

「出てる女の人がさ、沖《おき》ちゃんにすげえ似てるんだよ。スタイルは全然違うんだけど、目の形とか唇が分厚いところとか、もうそっくりで」

「え、沖ちゃん？　まじで？」

沖は基哉の中学校の音楽教師だ。二十六歳と若く、背が低くてややぽっちゃりしている。そそっかしい性格で、時間割を間違えたり、楽譜を職員室に忘れてきたりと、あまり威厳はない。そのぶん生徒からは慕われていた。

「亮、すげえの見つけたな」

「なあ、本人だったらどうする？」

「でも、スタイルは全然違うんだろ？」

啓太と浩輝と龍之介も起き上がった。三人は亮のベッドに集まったようだ。スプリングの軋《きし》む音がいやに大きい。壁を見ているだけでも、部屋の中の動きは意外と把握できた。早くしろよ、と浩輝が亮をせっついている。

「基哉も来いよ。沖ちゃんに似てるんだってさ」

龍之介だ。基哉は慌てて目を閉じた。ゆったりとした呼吸を意識的に繰り返す。声をかけてもらえて嬉しかったが、咲の前で格好つけたこともあり、今はアダルト動画を観たい気分ではなかった。出演女優が身近な人間に似ているのであれば、なおさらだった。

「基哉」

「寝てるんじゃねえの？　バスでも全然寝られなかったって言ってたし」

啓太の言葉に龍之介たちも納得したようだ。じゃあ再生するね、と亮が言い、ひび割れたような音声が流れ始める。軽いメロディと、インタビューに答えていると思しき女の声。えー、似てるかあ？　と浩輝が不満げな声を上げた。似てないよな、と龍之介。ほら、今の顔、ピアノを弾いているときの沖ちゃんにそっくりじゃん、と亮が反論し、いや、全然分かんねえよ、と啓太が一蹴する。

「なあなあ。沖ちゃんだと思うと、余計に興奮してこない？」

「だから、沖ちゃんには見えないって。沖ちゃん、こんなに細くないし」

「違うよ、啓太。これは細くなった沖ちゃんなんだよ」

「それ、もう沖ちゃんじゃねえよ」

セックスシーンに突入したのか、女が喘ぎ始め、基哉はさらに強く目をつむった。べたついた男の声が女を煽っている。映像の中の二人の呼吸は空気をやたらに含み、そこに湿った肌のぶつかり合う音が重なった。女は時折泣き叫ぶような声を上げ、浩輝がそれを真似することで笑いが生まれた。アダルト動画の音声のみを聞くという経験を、基哉は今までにしたことがない。映像が見えないぶん、湧き上がる性衝動は小さく、だが、身体の奥で火がちろちろとくすぶっている感じがした。

「っていうか、エロすぎじゃない？　この女優」

「腰の動きがやばい」

「目つきも」

「うわ、涎垂らした」

四人のやり取りに、演技でセックスするのは大変だと言っていた二葉のことを思い出した。堂々とプロフィールを偽れるのって、ちょっと楽しいんだよね、と微笑んでいた二葉。ＡＶに出ることを、別に汚くも可哀想でもないと話していた二葉。今、亮のスマートフォンが再生している動画に、どれほどの真実が映っているというのか。もしかすると視聴者は、女優や監督によって踊らされているだけなのかもしれない。なぜあんなことで二葉に怒鳴ってしまったのだろうと、ふと後悔する気持ちが生まれた。動画の音声が揺らぎながら遠ざかっていく。

「あー、俺も早くやりたいな」

「そうやってがっつくから、亮はふられるんだよ」

「浩輝だって、キスもさせてもらえないまま麻由《まゆ》とは終わったくせに」

「うるせえな」

「有馬先輩、セックスって、どのくらい気持ちいいんですか？」

亮の無邪気な問いに、啓太が答える。

「そんなの、めちゃくちゃいいとしか言えねえよ」


翌朝は六時にモーニングコールが鳴った。着替えを済ませてのち、大ホールに集まり、ビュッフェ形式の朝食を摂った。パンに白飯、中華粥や作りたてのオムレツまであることに胃が騒ぎ、基哉はつい食べ過ぎた。ほかにも数人の同級生が、もう動けない、と腹部を擦っている。今日は全員が私服を着ていた。基哉もマルチボーダーのTシャツに薄手の麻のシャツを羽織り、ベージュのクロップドパンツという出で立ちだ。上の二着は、達己からの借りものである。達己は張り切って二日ぶんのコーディネートを考えてくれた。どれもそれなりに値の張るものらしく、汚れちゃうかもしれないのにいいの？　と母親が尋ねていた。

「意外だな」

エレベーターを待っている最中、龍之介が思わずというように呟いた。なにが？　と、いの一番に訊き返したのは亮だったが、龍之介の視線は明らかに基哉に向いていた。

「基哉って、意外とお洒落だったんだな」

言われて基哉はあたりを見回した。前にも後ろにも、朝食を食べ終えた同級生が列を成している。男子はTシャツにハーフパンツという組み合わせが圧倒的に多い。大半が一回り大きなサイズをまとっており、身体の線に沿った服を着ている基哉は、それだけで垢抜けて見えるようだ。兄が選んでくれたことを、汚れてもいいからと貸してくれたことを自慢したかったが、啓太たちは達己の存在を知っている。達己の失恋を馬鹿にされた記憶がよみがえり、

「服、結構好きだから」

と、短く応えた。

朝食を終えると部屋を片づけ、八時二十分にはバスに乗車した。今日もいいお天気ですね、みなさんの日ごろの行いがいいんですかね、と、添乗員の宮里に笑顔で出迎えられる。二日目の今日のテーマは、自然だ。バスは美ら海《ちゅうみ》水族館へ出発した。昨晩泊まったホテルと水族館は、目と鼻の先だ。十五分と経たずに到着した。

駐車場から建物までのわずかな距離が暑い。日差しに溶かされ、アスファルトの熱に炙《あぶ》られ、全身から汗が噴き出した。沖縄はまさに南国だ。太陽を間近に感じる。入口近くの、ジンベエザメのモニュメントの前でクラス写真を撮った。背の高い基哉は、こういった場面では必ず最後列に立たされる。クラス全体を見回した。尚介と弦は前後に並び、揃って海を指差していた。昨日、裏切り者と吐き捨てたことが嘘のように、二人は爽やかな笑顔を浮かべている。どちらも無難を

第一に心がけたような服装だった。咲は黒地に花模様の散ったブラウスを着て、髪の毛を緩くまとめていた。朝、ホテルのロビーに整列する際、昨日はありがとう、と言われたことを思い出した。潮風が強く吹くたび、ブラウスの袖は翻るように揺れる。咲の雰囲気まで柔らかくなったように感じた。

水族館は、四階から入り、一階の出口に向かって降りていく構造になっていた。外観から受ける印象よりも、中は随分と広い。濃い海の匂いを感じた。基哉が水族館を訪れるのは、小学校の低学年以来だ。基哉は魚類にあまり関心がない。それでも、水に囲まれている閉塞感は、なぜか心地よかった。

「きれいだな」

啓太が素直な口調で呟いた。彼の視線は、沖縄のサンゴ礁を再現した水槽に向けられていた。水中を透過した光が、啓太の顔にちらちらと降り注いでいる。館内では自由行動が認められていたが、基哉にはほかのクラスに友だちはいない。昨日と同じく、啓太たちに着いて順路を辿っていた。昨晩はいつの間にか眠りに落ちていたため、沖に似たAV女優の動画を観ていた彼らが、どんなふうにあの会を閉じたのかは知らない。鮮やかな黄色の魚が、額を奇妙に膨らませた大きな魚が、眼前を通り過ぎていく。真下から仰ぎ見る水面は、モザイク加工の施されたガラスのようだ。

「きれいすぎて、なんだかCGみたいだよな」

「なあ、ああいう色の魚も食えるのかな」

「げ、まずそう。俺は無理。絶対食えない」

龍之介と浩輝と亮も額を水槽に当て、魚の影を目で追っている。魚なんか見てなにが楽しいんだよ、と朝はぶつくさ言っていた四人も、実際に生きている魚やサンゴを前にすると、興味を持たずにはいられないようだ。基哉にもその感覚は理解できた。生きものが生きるために生きている姿には、それだけの吸引力がある。

次には個水槽の設置されたコーナーに辿り着いた。サンゴ礁に生息する生きものを展示しているようだ。水槽のひとつひとつは小さくとも、青や緑にライトアップされたそれは、ずらりと並ぶとかなりの迫力を伴った。館内の暗さと相まって、ゲームに出てくるマッドサイエンティストの部屋みたいだ。白衣を着た痩せた男が、すぐ近くに潜んでいそうな気がする。我ながら的確なたとえだと思ったが、これを伝えられる相手はいなかった。頬の裏側で笑いを噛み殺した。

やがて基哉たちは、この水族館のメインである巨大水槽の前に到着した。幅三十五メートル、深さ十メートル。小さな家なら二、三軒は沈みそうな大きさだ。その内側に、沖縄近くを通る黒潮の海が再現されていた。魚たちはひっきりなしに泳ぎ、白い泡は宝石のように水中を飾る。最も目を引くのは、やはりジンベエザメとマンタで、彼らがゆったりとひれを動かすさまは、まるで水槽内を支配しているかのようだった。影までもがひどく大きい。脚がすくみそうになるほどの凄みに、基哉は息を呑んだ。

「すげえな」
「まじですごい」
「やばいな」
「でかすぎる」

啓太たちも呆然と頭上を見上げていた。巨大水槽前のホールのように開けた空間は、概《おおむ》ね基哉の学校の生徒で占められている。もしかして、と目を凝らしたが、咲の姿は認められなかった。ジンベエザメの動きに合わせて右に左に歩いている男子や、ジンベエ、こっちだよ、と呼びかけている女子たちでにぎやかだ。基哉の真後ろで、地味な男子が華やかな女子の集団にシャッターを頼まれていた。なんでもないような態度で引き受けながらも、男子の声は弾んでいる。隅のほうには四組の俊平と五組の雛美もいた。雛美の腰に回された俊平の手に、基哉の胸はざわめいた。だが、水槽に目を移せば心は途端に安らぐ。水はどこまでも澄み、青く光っている。大きい魚が小さい魚に食らいつくことも、小さい魚が大きな魚に遠慮することもない。分厚いアクリルパネルの向こう側は、隅々まで厳密に管理されている。人工的な空間だとは分かっていても、さながら楽園のように思えた。

巨大水槽の前に三十分は立っていた。ジンベエザメやマンタの泳ぎを基哉はもっと眺めていたかったが、飽きた、の啓太の一言で移動することになった。サメに関する展示物を集めた一画に足を踏み入れる。啓太たちは大袈裟に怯えながら、歯や皮の標本に触れた。古代ザメの顎の復元模型もあり、まるで食べられているかのように見える写真をそれぞれに撮った。基哉も参加した。みんなでデジタルカメラの液晶モニタを見て、大笑いした。

出口の脇の売店には最後に入った。ここも同級生で混み合っていた。基哉はその中にようやく咲を見つけた。ジンベエザメとマンタのキーホルダーを見比べ、どちらにしようか悩んでいる。眉間に浅く皺の寄った表情が可愛らしく、胸がいっぱいになった。

「なあ、亮。あのでっかいジンベエザメのぬいぐるみ、買えば？　修学旅行の間中持ち歩けば、女子が寄ってくるぞ」

「嫌だよ。浩輝が買えよ」

浩輝と亮が騒いでいる。龍之介もクッキーを手に取り、どれを買おうか迷っているようだ。啓太が紅いものタルトとジンベエザメ型のちんすこうの箱を交互に摑み、どっちがいいと思う？と基哉に尋ねた。こっちかな、と、ちんすこうを指差しながらも、基哉は数メートル先の咲から注意を逸らさない。彼女がどちらを選ぶのか知りたかった。

結局、咲はジンベエザメに決めた。基哉はまずは家族宛の菓子を選び、それから、母親に頼まれたんだよね、と啓太たちに無用な言い訳をして、なにげなくジンベエザメのキーホルダーをカゴに入れた。気を抜くと頰が緩みそうだ。基哉はなるべく俯いたまま会計を済ませた。


水族館を出たあとは、近くのレストランに移動し、昼食を摂った。一時間ほどバスに乗り、本島中部の村に向かう。今晩宿泊するホテル近くのビーチで、アクティビティが予定されていた。シュノーケリング、バナナボート、ジェットスキーの三種のマリンスポーツか、もしくは沖縄菓子作りの中から、あらかじめ選択していたものを個別に体験するイベントだ。基哉はシュノーケリングを希望していた。沖縄らしいことをやりたかったのだ。泳ぎに自信のない亮はバナナボートに、啓太と浩輝と龍之介はスリルを求めてジェットスキーに申し込んでいた。

ホテルの駐車場で、アクティビティごとに分かれた。シュノーケリングの希望者は、よっつの中で最も人数が多かった。参加者の中には鈴花と希海と咲がいた。尚介と弦もいた。鈴花たちと同じだということは事前に聞いて知っていたが、筋金入りの金槌らしい弦がシュノーケリングに決めたのは意外だった。てっきり二人揃って菓子作りを選ぶだろうと思っていた。基哉が一人だと気づいた尚介が、見せつけるように弦に話しかけ始める。応える弦もまんざらでもない様子で、基哉は、くだらない、と心の中で吐き捨てた。吐き捨てることで、そう思い込もうとした。

だが、二人に苛々していたのも、ウエットスーツに着替えるまでのことだった。シュノーケリングでは、生徒十人に対し、インストラクターが一人つく。ビーチで振り分けられたチームにて、基哉は尚介や弦と一緒にならなかった。咲とも分かれたが、あとの九人はほとんど話したことのない相手で、むしろ気が楽だった。

準備体操をして、海に入った。まずは足の立つところで道具の使い方や呼吸法を学んだ。浅くても水面は揺れる。狙った深さに顔を沈めるのは、思っていた以上に難しいことだった。口に咥えたシュノーケルの先は水に浸いていないと分かっていても、息を吸うのが怖い。すぐ耳元で波は砕け、日差しが後頭部を焼く。早送りされたように足元の砂がうごめいていた。

何度か顔を浸けるうちに、身体は波を覚えていった。冷たいと感じていたはずの水が、次第にぬるくなっていく。インストラクターの指導に従い、少しずつ沖合へ進んだ。ウエットスーツだけでも水に浮けるらしいが、今日はさらにライフジャケットを装着している。泳げない人でもシュノーケリングに参加できるという上原の説明は、本当だった。基哉は恐る恐る足を動かした。フィンが水を掻く。想定の何倍もの力が足に宿っている。ゲームで新しい武器を装備したときのようだ。基哉は夢中になった。

浜辺から五十メートルほど離れたあたりで、インストラクターからストップの指示が出た。もう足は着かない。海水の透明度が高いぶん、底がすぐ近くにないことがはっきりと分かった。砂浜がやけに遠くに見える。波に強く体を揺すぶられ、思わぬ方向から大量の水しぶきが飛んできた。息が浅く、荒くなる。つい数分前まで、数値の高い装備を手にしたような気持ちでいたのが、急に身ぐるみ剝がされたような不安に襲われた。

「練習したように浮いてみてください。水に身体を預けるイメージで」

インストラクターの号令が聞こえる。同級生は次々と顔を水に浸け始めた。魚だ、ナマコだ、と、数人が興奮した声で叫んでいる。基哉も意を決して体を前に倒した。マスクのレンズに水面がぶつかった。

飛んでいる。真っ先にそう思った。身体は水や波を感じ、目は魚やサンゴを捉えていたが、それでも空に浮かんでいるようだ。白っぽい底砂に自分の影が映っている。光が水中で編まれ、網目模様を作り出していた。まばらに生えた海藻は、まるで猫の髭のようだ。魚が人間に怯む様子はなく、青や銀や黄色や縞々は、基哉の目の前を平然と横切っていった。途方もない美しさに見《み》惚《と》れた。

だが、苦しい。息が続かない。顔を上げようとして、その必要はないことに気づく。シュノーケルの管を通して、肺に空気を送り込んだ。地上での呼吸とはやはり具合が異なった。シュノーケルクリアや耳抜きをマスターし、潜っている同級生も二、三人いたが、基哉は浮くだけで精一杯だった。澄んだ水色の世界で、同級生の髪が水の流れに揺らめいている。

その光景を、基哉は少しだけきれいだと思った。

二日目の宿泊施設は、ホテルとは名ばかりの、旅館に似た古い建物だった。学園長の旧友が経営している縁で、ここに決まったらしい。部屋は畳敷きで、オートロックもない。二組の男子は五十音順に、藤の間と菊の間に分かれ、布団で寝ることになっていた。島田基哉は、有馬啓太、金原《かねはら》亮、筒井《つつい》浩輝と同じ藤の間だ。堀谷弦と渡辺尚介は菊の間である。自分がシで始まる苗字であることに、基哉は生まれて初めて感謝した。

夕食は、宴会場のようなだだっ広い和室にて、三年生全員で摂った。アクティビティの感想が前後左右に飛び交う中、基哉は啓太がジェットスキーに乗らなかったことを知った。体調を考慮し、欠席したらしい。元気そうに見えていたが、まだ万全ではないようだ。浩輝の奴、ふざけて落ちそうになってさ、と、見学中に入手した情報を隣の男子に話していた。

今晩も啓太は、大浴場には行かないと言った。藤の間にも浴室はあったが、昨日のものより狭くて古い。もういいじゃん、と亮が誘い、平気なんじゃねえの？　と浩輝は眉をひそめた。今日はマスク着けてなかったじゃん、と、かなり不服そうだ。しかし、うつすと悪いから、と啓太は譲らない。啓太を部屋に残し、基哉たちは一階の大浴場に向かった。

脱衣所は昨日よりも一回りほど広かった。籐のカゴはほつれ、鏡は端が錆びていたが、きれいに掃除されている。ちらりと見えた浴槽も大きい。手早く服を脱ぎ、タオルで前を隠そうとして、基哉はそれがないことに気づいた。手元にあるのは、パジャマ代わりの体操服とバスタオルだけだった。

「小さいほうのタオル、部屋に忘れたみたい。取りに行ってくるよ」

一番近くにいた亮に声をかけ、基哉は急いで服を着直した。藤の間は二階だ。エレベーターを待つのももどかしく、階段を使った。客間のドアは金属製で、深緑色のペンキは随所が剝がれ落ちている。基哉は丸い銀色のドアノブに手を掛けた。中から施錠されている可能性に思い至ったのは、手を捻った直後のことだ。予想に反して、ノブはすんなりと回った。

ドアを押し開ける。左手の浴室から激しい水音が聞こえてくる。啓太はシャワー中のようだ。短時間で済むから鍵をかけなかったのか。それとも昨日のホテルがオートロックだったから、その影響でかけ忘れたのか。基哉は靴を脱ぎ、部屋に上がった。室内は八人ぶんの荷物でひどく散らかっている。タオルは押し入れ横の収納スペースにあったはずだ。基哉がタオルを摑んだのと、シャワーの音が止んだのが、ほぼ同時だった。基哉が浴室の前を通りかかったちょうどそのとき、ドアが開いた。

「あ」

「あ」

基哉の目に、湯気に包まれた啓太が飛び込んできた。よもや人がいるとは思っていなかったらしい。啓太は手やタオルで身体を隠していなかった。基哉は自分の視線が自然と下がるのを感じた。なにか大きな力に引っ張られるように、啓太の股間に注目する。

既視感を誘うものがそこにはついていた。昔の記憶が刺激される。小さく、全体に皮を被っている性器と、毛が一本も生えていない、つるりとした下腹部。まるで小学生のころの自分の裸を見ているようだった。

「違うんだっ」

啓太が絶叫し、その場にしゃがみ込んだ。顔を隠すように俯いている。肌が赤っぽく見えるのは、湯を浴びた直後だからか。いや、違う。基哉は腑に落ちた思いがした。啓太が友だちとつるまずに、一人でトイレに行くこと。修学旅行にあまり乗り気でないように見えたこと。出発の数日前から体調不良だと言い始めたこと。何人もの女子と付き合っていながら、交際はすべて短期間で終わり、本当は童貞であるらしいこと。

「これにはちょっと、事情があって」

啓太の声は尻すぼみに小さくなっていく。剝き出しの肩が震えていた。弱り切った小動物のようだ。ざまあみろとか可哀想だとか、心に染み出しかけた思いは一瞬で蒸発した。啓太の髪の先から滴が落ち、浴室の床を叩く。湯気が徐々に晴れていく。基哉は後ろから背中を押されたように声を出した。

「言わないから」

啓太の肩の震えが止まった。

「俺、誰にも、絶対に言わないから。誓うから」

助けたいと思ったわけではない。そんな大それた気持ちはなかった。ただ、こう言わなければならないという、絶対的な確信があった。沈黙が張り詰める。啓太は身じろぎひとつしない。シャワーヘッドがふいに少量の水を吐き出した。啓太の頭が頷くように動いたのを基哉は見逃さなかった。

「俺は、タオルを取りに来た。それだけだから」

基哉は藤の間を出た。心臓にはまだ衝撃の余韻が残っていたが、頭の中は落ち着いていた。何食わぬ顔で大浴場に戻る。クラスメイトと入るのは二度目とあって、浴場には昨日よりも幾分リラックスした雰囲気が漂っていた。啓太、なにしてた？　と、浴槽で平泳ぎをしていた亮が尻を水面から突き出したまま尋ねる。シャワーを浴びていたみたいだよ、と基哉は答えた。

消灯までの自由時間は、いつの間にかトランプ大会になっていた。修学旅行と言えばこれだろ、と、同室の晴宗《はるむね》が持ってきたものだ。菊の間からも龍之介を含む三人が遊びにやって来て、メンバーを入れ替えながら、大富豪や七並べが行われた。

「誰だよ、ハートのジャックを持ってる奴。いつまで止めてるんだよ」

啓太が口を開けて笑っている。奥歯まで見えそうだ。風呂から上がって部屋に帰ると、啓太はまったくの普段通りだった。亮の、一組の小峰《こみね》って下の毛がボーボーらしいよ、という報告にも顔色ひとつ変えず、あいつ、髭も濃いからな、と返していた。基哉は内心でほっとした。それは、啓太が元気を取り戻したことに対する安心でもあり、あの負のエネルギーから逃れられたことへの安堵でもあった。

「七並べも飽きたなー。次、なにやる？」

晴宗が畳の上のトランプを集めながら尋ねた。彼の手の中で、黒いチェック模様のカードが小気味よく切られていく。平素は啓太のグループと遊ぶことはほとんどないが、修学旅行という非日常の中で、晴宗も気分が盛り上がっているようだ。スピードは？　と誰かが言い、大人数でできないだろ、と啓太が却下した。

「あー、じゃあ、ばば抜きは？」

「でたよ。浩輝のじじい趣味」

「なんでばば抜きがじじい趣味なんだよ」

浩輝が亮に向かってタオルを振り上げる。ばば抜きなんて、中学生はやらないだろ。やるよ。軽い取っ組み合いが勃発した。俺もばば抜きやりたい、と龍之介が声を上げる。ばば抜きやる人ー？　と晴宗が呼びかけ、五人がぱらぱらと手を上げた。母親にメッセージを返そうと思っていた基哉は、参加を控えた。晴宗がカードを配り始める。それを横目に、スマートフォンの画面をタップした。

今日のさくらは物音がするたび、玄関に様子を見に行き、基哉の帰りが待ち遠しくて仕方がないようだ。母親から届いた文面に、今すぐ自宅に瞬間移動したくなる。また、むくげのことも心配だった。むくげの認知症は、ゆったりと進行している。丸二日会わないあいだに忘れられていたらと思うと、そわそわした。

部屋の中央で、ばば抜きは着々と進んでいた。一人が上がり、また一人が上がって、啓太と龍之介と晴宗の勝負になった。扇状に構えたうちの一枚をわざと突き出してみたり、表情を仰々しく演出したり、心理戦が繰り広げられている。ジョーカーから逃れようと、三人はあれこれ必死に画策していた。大富豪や七並べのときには非常に重宝されたカードが、ばば抜きでは徹底的に嫌われている。そういうルールだとは分かりつつも、基哉には不思議に思えた。ジョーカーは、万能の切り札ではないのだった。

「よっしゃあ」

龍之介が二枚のキングを車座の中央に放り、万歳をした。残るカードは、啓太が二枚、晴宗が一枚。すなわち、ジョーカーは啓太の手の中にある。二枚に交互に指を当て、晴宗が啓太の表情を確かめている。啓太は不敵な笑みを崩さない。晴宗が狙いを定めた。そのときだった。

「ニュース速報、ニュース速報。今、鈴花からメッセージが届いて、咲に彼氏ができたって」

スマートフォンを片手に亮が叫んだ。

「相手は、四組の高柳《たかやなぎ》拓馬《たくま》。ロビーに咲を呼び出して、告白したらしいよ」

啓太は二枚のカードを畳に投げ、まじかよ、と四つん這いで亮に駆け寄った。ゲームを一方的に放棄された晴宗だったが、気にならないようだ。彼もまた鼻の穴が膨らんでいた。藤の間全体が、興奮と混乱に包まれている。高柳拓馬って誰？　と、龍之介が亮のスマートフォンを覗き込み、首を傾げた。陸上部の元副部長だよね？　と男子の一人が答える。基哉は拓馬を知っていた。一年時に同じクラスだったのだ。地味で物静かだが、周囲の加虐心を煽るような陰気くささはない。一度、落とした消しゴムを拾ってもらったことがある。基哉が差し出した手のひらに、拓馬はきちんと載せてくれた。数センチ上から落とすようなことはしなかった。いい奴だな、と思った記憶があった。

「まじですげえな。どうやってあの男嫌いの咲を口説き落としたんだよ。もともと友だちだったわけじゃないよな？」

浩輝が早口で言い立てる。さあ、と答えた亮のスマートフォンがまたも震えた。新しいメッセージを受信したようだ。続報っ、と亮が声を張り上げた。

「絶対に大事にするからって、高柳の奴、咲にそう言ったみたいだよ。一年生のときからずっと好きだったんだって。告白するときも、声が震えていたらしい」

「げー、泣き落としかよ」

浩輝は鼻のつけ根に皺を寄せた。馬鹿にしているような表情だ。それを龍之介が、

「いや、でも革命だよ。あの咲だよ？」

と、取りなした。

「まあ、そうか。絶対に一人は修学旅行の最後の夜に告白する奴がいるって、兄ちゃんが言ってたけど、本当だったな」

「でも、まさか咲が告白されるとはなあ」

啓太はにやついた顔でそう言うと、ロビーに行ってみようぜ、と立ち上がった。亮、浩輝、龍之介がそれに続き、四人はもつれるように藤の間を飛び出した。あとの六人も、好奇心に負けたようだ。しばらくはもじもじと俯いていたが、やがて、ちょっとだけ、と言い合うと、忍ぶような足取りで部屋を出て行った。一人残った基哉は、畳まれていた布団に倒れ込んだ。頭が重い。目の奥が痛い。胸が苦しい。息が吸えない。手足が動かない。

「う、う、う」

溢れる涙は熱かったが、シーツに吸われると冷たくなった。せめてバスケット部の元キャプテンのあいつや、芸能事務所に所属しているという噂のあの子ならよかった。そう思ったそばから、違う、と首を振る。もしも咲が容姿のいい男子の告白を受け入れていたら、それはそれで絶望していたはずだ。先日の二葉との諍《いさか》いが頭を巡った。つまり、自分はそういう人間なのだ。誰のことも認められない。

耳が足音を捉えた気がして顔を上げた。布団についた涙の染みを枕で隠し、瞬きを繰り返して眼球の水分を掃《はら》う。吐きそうに辛いのに、妙に冷静な自分が悲しかった。曇りの晴れてきた視界に、放置されたトランプが映る。尖った帽子を被った道化師が不気味な目で基哉を見ていた。ジヨーカーの絵柄だった。

翌日は朝から雨だった。昨日までの快晴が作りものに思えるほど、空には分厚い雲が垂れ込めていた。バスに乗り込むと、添乗員の宮里が、沖縄は天気が変わりやすいんですよ、と小さな秘密を打ち明けるように言った。三日目は歴史学習が予定されていた。傘をさし、三年生全員で首里城を見学した。首里城公園で守礼門もくぐった。

だが、基哉の感受性にはなにひとつ引っかからなかった。誰がどこに攻め入り、誰が国を興して統治したか、そのときの居城はどんなものだったか、心底どうでもよかった。咲のほうを見ないよう、咲の声を聞かないよう、咲のことを思い出さないよう、基哉はそればかりに気を遣った。雨に煙る首里城のみが、かすかに網膜に残った。二度と赤を好きになれないかもしれないと、ぼんやり思った。

その後、班ごとに国際通りを散策した。昼食は浩輝の提案で、ステーキ屋に入った。美味いと四人は騒いでいたが、基哉は味が分からない。灰色の気持ちで牛肉を咀嚼した。残りの時間は四人に連れられるままに、土産物屋を覗いた。楽しんでいないと思われない程度に、菓子やTシャツやストラップを買った。

雑貨屋の前を通りかかったときだった。おい、あれ、と啓太が通りの反対側を指差した。つい頭を動かした基哉は、雨を避けた庇の下、咲と拓馬が並んでアイスクリームを食べているのを見つけた。緊張した面持ちで懸命に話す拓馬に、咲は丁寧に頷いている。二人が付き合い始めたというのは、鈴花がふざけ半分に吐いた嘘であると、昨晩中には明かされていた。正確には、友だちからでよければ、と咲は拓馬に応えたらしい。二人はまだ恋人同士ではなかった。しかし、その事実を入手してもなお、基哉のショックは癒えなかった。友だちから始まった拓馬には、その先がある。あの二人にとって、友だちは次のステージのための踏み台に過ぎない。基哉は自分一人が崖に取り残されたように感じていた。行き止まりだと思った。

午後二時、宮里らと別れ、那覇空港に入った。雨にもかかわらず飛行機は順調に飛び、六時に羽田空港に到着した。東京は雨が降っていなかった。それでも沖縄より寒く、基哉は一日目の朝に着ていたウインドブレーカーに袖を通した。スマートフォンの電源を入れると、母親のほか、二葉からのメッセージを受信した。別れた、あいつ既婚者だった、と、漫画のキャラクターの怒り顔スタンプと共に表示される。その次の吹き出しには、久しぶりにごーやに会いにおいでよ、と書かれていた。

すかさず基哉は、今度修学旅行のお土産を持っていきます、と送った。恋人と別れたことで、二葉の孤独を紛らわせる役割が戻ってきただけ。ごーやは口実に過ぎない。そうと分かっていても、二葉に会いたかった。地元に向かう電車の中で、わーい、楽しみだな、とメッセージが届いた。添付されていたごーやの画像に基哉は目を細めた。

こうして、基哉の修学旅行は幕を閉じた。

6

三本目の街灯を通り過ぎれば、カーブミラーはすぐそこだ。混じりけのないオレンジ色は、日が沈んだあとでもよく目立つ。基哉は歩く速度を落とした。寒くて暗い道は、夏場の真っ昼間よりも音が響くような気がする。道端に落ち葉が溜まっていた。基哉はわざとそれをローファーで踏みつけた。薄いガラスが割れるような音がした。

「あー、冬だねえ」

二葉の口から白い息が漏れた。寒いですね、と応え、基哉はマフラーに口を埋める。なめらかな肌触り。この黒いマフラーは、カシミヤとウールで編まれている。ロゴも非常に洒落ていた。基哉がくたくたのフリース製ネックウォーマーを使っていることを見かねて、達己がくれたのだ。三年前に母親が買ってきたネックウォーマーは、確かに濡れそぼった鳥のごとく毛羽立っていた。そんなの、防寒効果ないだろ、と達己は苦笑していた。

「今日は寒い中、ありがとね。助かった」

「ごーやが気に入ってくれてよかったですね」

キャットタワーの組み立てを手伝うため、基哉は学校帰りに二葉のアパートに寄っていた。シンプルでスリムなデザインのキャットタワーは、わずか三十分で完成した。ごーやは組み上がる前からステップに飛び乗ろうとしたり、柱で爪を研ごうとしたりと、興味津々だった。使ってくれなかったら無駄な買いものだよね、と二葉が案じていただけに、基哉も一安心だった。

「気をつけて帰ってね」

つけ根の錆びたカーブミラーの前で二葉は足を止めた。初めてアパートを訪れた日から、ここで別れるのが暗黙の了解だ。暦が十二月に入ったということは、あれから四ヶ月が経ったことになる。二学期の期末試験も、つい先日終わった。暑さに喘ぎながらこの道を通った記憶は、確実に思い出になりつつあった。ごーやも随分大きくなった。体重は、拾われたときのほぼ倍だ。

「二葉さんも気をつけて」

基哉は軽く会釈した。二葉が手を振る。親指に引っかけられていた鍵が揺れ、シーサーのキーホルダーについていた鈴がちりんと鳴った。二週間前に基哉が贈ったものだ。あの日、元恋人が結婚していたと知るまでの経緯や別れ際の詳細について、二葉は一言も語らなかった。基哉もまた、約一ヶ月前に苛立ちに駆られて怒鳴ったことを謝っていない。二人のあいだに妙な空気が流れたことは、なかったことのようになっていた。

国際通りで買った品々は、日ごろ世話になっている人たちに配った。修学旅行を思い出させるものは、なるべく手元に残したくなかった。祖父母の家には沖縄料理のインスタント食品を、ライフブランケットには菓子を宅配便で送った。島田動物クリニックにもちんすこうを持っていった。

唯一手放せなかったのが、水族館で購入したジンベエザメのキーホルダーだった。これも人にあげようか、それとも捨ててしまおうか、随分迷った。どうしても踏ん切りがつかない。結局、学習机の引き出しに放り込み、魔物を封印するように鍵をかけた。今もあそこで眠っているはずだ。

午後六時半に、自宅マンションに着いた。十五分後、母親が帰宅して、夕食が始まる。父親はまだ仕事で、達己は今日もサークルで遅くなるとのことだった。ようやく諦めたのか、母親は文句を言わなかった。もう十年も基哉と二人で夕食を摂ってきたような顔で、ポテトサラダをつついている。ちょっと甘すぎたかな？　と訊かれ、そんなことない、と基哉は首を横に振った。母親の足元ではむくげが丸くなっていた。近ごろはとみに甘えん坊で、母親のそばを離れようとしない。就寝前にケージに入れると、寂しがって夜通し鳴くため、二週間前から両親の寝室で寝ていた。一方のさくらは、ソファで毛繕い中だ。昨日も一昨日も目にして、明日も見るであろう光景だった。

だが、その日の真夜中、家の中を慌ただしく行き来する足音で、基哉は目を覚ました。どうして、と母親の狼狽《うろた》えた声と、まだなにも分からないんだから、と父親の落ち着き払った声がする。むくげの爪がフローリングを蹴る音も聞こえた。基哉の身体に沿って寝ていたさくらが、布団からごそごそと顔を出した。異様な雰囲気に警戒するかのように耳が立っている。

「さーちゃん、どうしたんだろうね」

基哉はさくらの背を撫でた。手がかりを求めるように、ドアの隙間から射し込む光を見つめる。なにを持っていけばいいの？　印鑑はいる？　と尋ねる母親に、財布と鍵とスマホがあればいいんじゃないか、と答える父親。夫婦喧嘩ではなさそうだ。しかし、顔を出すのは躊躇われた。ただごとではない緊張感が壁を抜けて伝わってくる。と、足音が近づいてきて、部屋のドアがより大きく開かれた。

「基哉」

父親だった。どこへ行くつもりなのか、外出用の丈の長いコートを引っかけ、だが、髪はぼさぼさだ。こめかみの上の毛が撥ねていた。

「な、なに」

今、目が覚めたふりをするべきか、基哉は迷った。そのわりにしっかりと声が出てしまい、中途半端な反応になってしまったことに焦る。父親は基哉が起きていたことに気づかなかったようだ。間を置かずに喋り始めた。

「今、警察の人から電話があった。お兄ちゃんが……なにか事件に巻き込まれたみたいなんだ。これからお母さんと警察に行って、詳しい状況を聞いてくる。基哉が学校に行くまでには戻るから、少し留守番をしていてくれないかな」

「事件？　どういうこと？」

とっさに頭に浮かんだのは、傷だらけで地面に倒れている達己だった。腹部にはナイフが突き刺さり、赤黒い血がとめどなく流れている。血の気が一気に引き、基哉は指先が冷たくなるのを感じた。

「それは、お父さんにもまだ分からないんだ。ただ、お兄ちゃんが怪我をしたということではないらしい」

よかった。安堵した直後、ということは危害を加えた側かと全身に痺れが走った。怒りが限界に達したときの、なりふり構わない様子の達己が思い出される。追い詰められると、捨て身で、死にものぐるいで反撃しようとする兄だ。基哉は上半身を起こした。寝ていていいというように、父親が手を前に出した。

「詳しいことが分かったら連絡するから。とにかく留守を頼むよ」

父親と母親が家を発つと、むくげが部屋にやって来た。かなり興奮している。基哉はベッドの縁に腰掛け、正面から両手でむくげの頭を撫でた。さくらとはまた違う、重量を感じられる触り心地が今は頼もしかった。ものすごい速さで動いていた心臓が、少しだけ落ち着きを取り戻した。

スマートフォンを手に取る。午前三時三十二分。登校時間まであと三時間以上ある。大晦日や受験直前にも、こんな時刻まで起きていたことはない。ポータルサイトを開き、達己の大学名やストレイト、飲み会、事件などの単語で検索をかけたが、それらしいニュースは見つからなかった。報道されるようなことではないのか、それともこれから公になるのか。檻に入れられ、頭を抱えて蹲る達己のシルエットが、暗闇に浮かんでは消えた。

基哉はむくげとさくらを布団に招き入れた。眠れるわけがない。そう思っていたが、むくげの息づかいとさくらの温かさに、気がつくとうとうとしていた。八、九年前の出来事が夢に出てきた。ひょろ長くて気持ちが悪いと同級生にからかわれていた基哉を、達己が助けてくれたときのことだ。俺の弟になにしてるんだよ、と変声期に入る前の甲高い声で達己は叫んだ。だが、基哉の同級生はせせら笑い、標的をあっけなく達己に移した。達己が泣いて暴れるまで、彼らの嘲りは続いた。

ドアを解錠する音が聞こえて、唐突にその夢は終わった。基哉は部屋を飛び出した。三和土で靴を脱いでいた父親が、起きてたのか、と疲れた顔で呟いた。外気の匂いに、身体がぶるりと震える。玄関に母親の姿はなかった。基哉の疑問を見抜いたように、お母さんはお兄ちゃんと一緒に帰ってくるから、と父親は言った。

「お兄ちゃん、大丈夫なの？」

「うん。ちょっと事情を訊かれていただけだよ。明日の昼までには……ああ、もう、今日か。今日の昼までには帰れるんじゃないかな」

コートを脱ぎながらリビングに入り、父親はソファに下半身を沈めた。すかさず隣をむくげが陣取る。水、水が飲みたいな、と父親が小声で呟いた。基哉に言いつけているのではなく、己の状態を確認しているような口調だった。立ち上がりそうな気配はない。

基哉はコップに水を汲み、それを父親に手渡した。

「ああ、ありがとう。悪いね」

父親は一息で水を飲み干した。

「お父さん。お兄ちゃんはなにをしたの？」

「なにもしてないよ。なにかしていたら、家には帰れないだろう」

珍しく苛立ったように父親は答えた。

「ちゃんと教えてよ。俺ももう中学生だし、そんなふうに隠されるのは嫌だよ。俺だって、お兄ちゃんが心配なんだから」

父親は黙って基哉を見つめた。いつもの朗らかさが消えると、父親の顔はますます達己に重なった。母親と出会うまで、父親はどんなふうに生きてきたのだろう。この容姿で苦労したことはないのか。生まれたばかりの達己を見たとき、なにを思ったのだろう。いくつもの疑問が胸をかすめた。

「そうだね。基哉の言うとおりだ」

父親は深く息を吐いた。ソファの座面を軽く叩かれ、基哉は父親の隣に腰を下ろした。

「お兄ちゃんが入っていたサークルのことは、基哉も知っているよね」

「うん。バーベキューに連れてってもらったこともあるから」

「その中の数人が、準強制わいせつ罪の疑いで逮捕された。これがどういうことか、分かるかな？」

　意識が遠のくほどの衝撃だった。基哉は気力を掻き集め、やっとの思いで頷いた。父親の視線がほんのわずかに柔らかくなる。それだけが救いに思えた。

「今日の飲み会で、被害にあった女の子がいるんだ。酔わされて、店のトイレでひどい目に、いや、ひどいなんて一言では表せないような目にあった。女の子は隙を見つけて通報してね。それで店に警察がやって来て、飲み会に参加した全員が、事情聴取を受けることになったそうだ」

「お兄、ちゃんは？」

「お兄ちゃんは、飲み会の序盤で早々に酔いつぶれたらしいんだ。机につっぷしてずっと寝ていたみたいで、なにも知らないって言ってる。それについてはすぐに証明されたと思う」

「うん」

「ただ、警察は、今回のことが初めてじゃないと考えてる。今までにも同じようなことが、このサークル内で起こっていたはずだって。お父さんも、余罪を疑うのは当然だと思うよ。お兄ちゃんは、サークルの集まりに頻繁に顔を出していたらしいから、いろいろ訊きたいことがあると言われた。まだ帰れないのは、そういう理由かな」

「お兄ちゃんは関係ないよ」

　基哉は大声を上げた。そんな凶悪な動きがあると知っていて、平気でいられる達己ではない。釣り銭が十円多かったことに家に着いてから気づき、店まで返しに行ったことのある兄だ。それに、達己はあまりサークルに馴染めていなかった。周囲から巧妙に距離を置かれ、馬鹿にされ、その上で便利に使われていたのだ。基哉の渾身の訴えに、むくげの耳がぴくりと動く。父親は静かに顎を引いた。

「お父さんも、達己はなにも知らなかったと思う」

基哉はバーベキューの日のことを思い出した。ストレイトは大所帯のサークルだと聞いたことがあるから、あの日に会ったメンバーは、ほんの一握りかもしれない。達己と同じ一年生の、金髪と煙草とサングラス。遅れてやって来た先輩たち。誰も彼も人生を謳歌《おうか》しているように見えた。少なくとも自分より、よほど輝いていた。重犯罪の気配はまったく感じられず、基哉が覚えた不穏さは、せいぜい未成年者の飲酒、喫煙程度のものだった。

逮捕されたと聞いても、不思議に思わないとしたら――。

こめかみ近くに痣の貼りついた、中性的な顔立ちが脳裏に浮かぶ。女は所詮穴だと言い切っていた彼。彼の瞳には無しかなかった。どこにも、誰とも繋がっていないような目だった。

「ねえ、お父さん。捕まった人の名前って分かる？」

そこまでは、と父親は首を振った。詳しい経緯や容疑者の人数などは教えられなかったそうだ。しかし、基哉は確信した。逮捕されたうちの一人はあの男、進次だ、と。


父親の言葉どおり、達己は昼ごろ家に帰ってきた。学校で授業を受けていた基哉は、母親からのメッセージでそれを知った。名の通った大学のサークルが起こした集団準強制わいせつ事件は、インターネットに第一報が流れ、夕方や夜のニュースでも取り扱われた。容疑者四人の名前はまだ伏せられていたが、年齢は明らかになった。二人が二十歳、二人が二十一歳だ。

達己は帰宅するなり自室に閉じこもり、そのまま出てこなかった。大丈夫？　と基哉が問いかけても、ご飯だよ、と母親が呼びかけても、反応はない。足音、衣擦れ、咳払い、くしゃみ。達己の部屋からは一切の音が聞こえなかった。基哉は前を通りかかるたびに神経を尖らせたが、ドアの向こうは常に静まり返っていた。

スマートフォンのアラームで目を覚ます。母親が朝食の支度をしているあいだにむくげとさくらに餌を与えて、彼らのトイレを片づける。朝食を摂り、制服に着替えて歯を磨けば、もう家を出る時間だ。黒いマフラーに口を埋めて駅に向かう。満員電車はいまだ苦手だが、入学当初に比べ、慣れてきたな、とは思う。

駅構内を歩きながら、基哉は日常というものの強さを感じる。衝撃的で凶悪な事件がすぐ身近に起こり、自分の家に来たことのある人間が逮捕され、もしかしたら被害者とも面識があるかもしれず、それでも生活はこれまでどおりに続いている。平日は毎日同じ時刻に起床し、同じ電車に乗って、同じように学校へ行く。そのことに多少の違和感はあったが、こうするしかないこともまた理解していた。

学校に着き、上履きに履き替えると、基哉はロビーへ向かった。ここには先週から、生のもみの木が設置されている。クリスマスツリーだ。七夕の竹と同様に、卒業生の保護者の厚意で借り受けたものらしい。飾りつけはいたってシンプルで、てっぺんのくすんだ色合いの星と、白銀と深い青色の球体型オーナメントのみ。この神秘的な佇《たたず》まいが気に入って、ときどき見に来ていた。

来週のクリスマスはどうなるのだろう。基哉はぼんやり考える。リースに見立てた母親手製のミートローフをイブの晩に家族で囲み、食後にケーキを食べるのが、今までの島田家の過ごし方だった。幼いころには、達己と同じ布団に入り、サンタクロースの訪れを二人で待ったこともあった。片方が寝てしまっても、もう片方が起こせば大丈夫。絶対に会える。そんな作戦を真剣に立てていた。

今年はなにもないかもしれない。基哉は小さく息を吐く。達己の部屋のドアは、今なお固く閉ざされている。昨日こそは姿を現すのではないかと、基哉も両親も密かに期待していた。二年前、自身の告白動画が拡散された際、達己が部屋にこもっていた期間は、ちょうど二週間だった。昨晩は三人でテレビを観ながら、達己がリビングにやって来るのを今か今かと待った。だが、日付が変わるまで粘っても、なにも起こらなかった。

あの事件以来、達己は学校やアルバイトを休んでいる。トイレと風呂は、誰もいない日中や夜中に済ませているようだ。むくげとさくらに食べられないよう、母親が保冷バッグに入れて部屋の前に置いている食事は、毎回空になっているという。食欲があるなら大丈夫だと、父親は例によって口にするが、母親の心配は日に日に膨らんでいく一方だった。

三年二組の教室に向かった。啓太と亮と浩輝と龍之介は、今日もロッカーの前で固まって喋っている。おはようと挨拶すると、おはようといつもの調子で返ってきた。ストレイトの事件については、一部の週刊誌やインターネット界隈では今も熱心に話題にしている。だが、基哉の兄があのサークルのメンバーだったことは、誰にも気づかれていなかった。

今日の四時間目は、週に一度のロングホームルームだった。二学期最後のロングホームルームとあって、上原が冬休みの心得を説いている。生活リズムを崩さないようにすること。インターネットのトラブルに注意すること。大晦日や初詣などいろんなイベントがあるが、子どもだけで夜遅くまで出歩かないこと。元日にはぜひ一年の目標を考えて欲しいということ。クラスの大半は茫漠《ぼうばく》とした表情で、まともに聞いていないのは一目瞭然だった。こういうことは、指導されたからといって気をつけるものではない。教師にはなぜそれが分からないのか、基哉は疑問だった。

終業のチャイムまで十五分を切ったところで、上原が、

「ひとつ、みなさんに報告したいことがあります。終業式の日に話そうかどうか迷ったんですが」

と言って、頬を掻いた。声音がくだけたものに変わっている。クラスメイトの目に、一斉に好奇の光が灯るのを感じた。

「実は、僕の妻が妊娠しました」

わあっと教室中が沸いた。

「つい最近、安定期に入ってね。予定日は来年の六月です。みんなはもう高校生だね」

今までに目にしたことがないほど、上原の相好は崩れていた。基哉は咲の顔を盗み見た。思いがけず明るい表情だ。素直にこのニュースを祝福しているらしい。昼休みに待ち合わせて喋ったり、ときには一緒に下校したり、拓馬と友情を育む中で、咲の佇まいは段々と柔らかくなっていった。遠からず交際が始まるだろうと、周りは考えている。もちろん、基哉も。

「お腹の子のエコー写真を見ていると、僕にも、三年二組のみんなにも、誰にもこんなときがあったんだな、と、そんなことを思います。なにかと家族で過ごす機会が多いのが冬休みです。親じゃなくてもいい。祖父母や兄弟、近所の人、誰でもいいから、自分の成長を温かく見守ってきてくれた人に、ぜひ感謝の気持ちを伝えて欲しいです」

しんみりした雰囲気でロングホームルームは終わった。上原が教室を出ていく。亮がやにわに椅子の上に立った。

「ってことは、上原先生、奥さんとやったのかよっ」

言うなり高く飛び上がり、床に着地する。亮のパフォーマンスに一部は爆笑し、一部は顔をしかめ、一部は恥ずかしそうに俯いた。やったって、なにをだよ。浩輝がしらじらしく問い質す。

「そんなの、決まってるだろ」

「分かんねえよ。具体的に言えよ」

「だーかーらー、セックスだよ、セックス。なんかショックだよなあ。上原先生も、エロいことをしたり考えたりするんだな」

「奥さんのこと、どんなふうに誘うんだろう」

龍之介がしまりのない顔で尋ねた。

「あんなに優しそうな顔で、夜は奥さんの胸を揉みまくってたんだな」

啓太の一言に、ぎゃーと亮が叫ぶ。

「言うなよ。想像しちゃうだろ」

「上原先生の奥さんって、美人なの？　何歳？」

龍之介の質問に、啓太が、

「全然知らない。でも、美人ってことはないだろ。だって、上原先生だぞ？」

と答える。あとの三人がどっと笑った。啓太たちが性的な話をするのは、珍しいことではない。基哉は自分に言い聞かせる。修学旅行の夜にも散々耳にした。あのときのように聞き流せばいい。

いくらそう思っても、ストレイトの集団準強制わいせつ事件が頭の中をちらついて止まらなかった。雑誌を立ち読みしたり、インターネットであれこれ検索をしたりして、事件の内容はほとんど把握していた。警察が睨んだとおり、加害者の四人には余罪があった。二人の女子大生が新たに被害を訴えている。名乗り出ていない被害者が、まだ数人いるだろうと言われていた。

主犯格、一ノ宮《いちのみや》進次によって、標的は毎回選ばれていたそうだ。従犯の三人が狙った相手に強い酒を飲ませ、まずは意識を混濁させる。それから、介抱するふりをしてトイレの個室に押し込み、準備が整ったところで、進次に連絡を入れる。あとは常に見張りを立て、入れ替わりながら犯行に及ぶというのが、四人のやり口だった。逮捕のきっかけとなった女子大生は、途中で明瞭に意識を取り戻したため、抵抗できたが、余罪のうちの一件は、準強制性交等罪に当たるものだった。この事実を知ったとき、基哉は顔を手で覆ったまましばらく動けなかった。

「奥さんの写真、誰か上原先生に頼んで見せてもらえよ」

「すげえぶすだったらどうする?」

「げー、ちょっと嫌だなあ」

啓太たちの盛り上がりとは対照的に、教室の空気は冷ややかだった。しんみりした雰囲気を壊されたことに苛立っているのか、それとも、担任教師の性行為について大声で語られることに辟易《へきえき》しているのか。数人がそそくさと廊下へ出て行く。鈴花と希海も、気持ち悪いこと言わないでよ、と、さすがにうんざりした顔だ。咲に至っては心を殺したかのように無表情だった。

「なんだよ、渡辺。なに見てるんだよ」

浩輝が声を張り上げた。軽蔑の眼差しの束に、尚介のものが含まれていることに気づいたらしい。これが一ヶ月前であれば、尚介に突っかかっていたのは啓太だっただろう。基哉はそう推察する。修学旅行以降、浩輝の態度は日増しに大きくなっていた。はっきりとした原因は分からない。啓太の身体のことが露見した様子もなかった。それでも、頑なに大浴場に入らなかったこと、アクティビティを欠席したことが、見くびられる隙を与えた可能性は充分にあった。

浩輝は意地悪く尚介を指差し、

「おまえ、もしかして、上原先生が奥さんとやってるところを想像して、興奮してるんじゃねえの？」

「違うよっ」

尚介は顔を逸らして俯いた。傍らの弦が、泣きそうな顔で尚介の肩に手を当てる。一歩、二歩と、浩輝は二人に近づいた。

「じゃあ、椅子から立てよ。俺が確認してやるから、立ってみろって」

「もうやめようよ、そういうの」

気がつくと、基哉は浩輝の腕を摑んでいた。大声を上げたつもりも、声を尖らせたつもりもなかったが、あたりには緊迫感が広がった。全員の視線が自分に注がれるのを感じる。尚介と弦は目を丸くして固まっていた。最後にゆっくりと振り返った浩輝は、憤怒《ふんぬ》の表情だった。

「おまえ、誰に指図してるんだよ」

振り払われた手を擦りながら、憐《あわ》れだな、と基哉は思う。異様な興味を暴力的な言動でしか発散できない浩輝。酒の勢いを借りて童貞を捨て、そのことに大喜びしていた達己。女は所詮穴だと放言した進次。女子と接点がないことを、実はコンプレックスに思っている尚介と弦。潔癖すぎる咲。ＡＶに出たことのある二葉。経験済みだと友だちを騙《だま》している啓太と、そんな啓太を騙している自分。みんなみんな、セックスに翻弄されて、ものすごく憐れだ。

「誰にって、浩輝にだよ」

浩輝の目つきがさらに険しくなった。殺傷能力の高い言葉を発するためだろう、口が開く。そこから音が出てくるより早く、

「俺、体調が悪いみたい。保健室に行ってくる」

基哉は踵を返し、教室をあとにした。


壁にもたれてしゃがみ込み、膝を抱える。コンクリートの地面に着けた臀部から、冷気が這い上がるのを感じた。壁の向こう、くぐもって聞こえるごーやの鳴き声は、甘えたり怒ったりを繰り返しているようだ。基哉は空を仰いだ。アパートの軒下と隣家のあいだに、冬らしい淡い青が見えた。

「基哉くんっ」

息を弾ませ、二葉がアパートの入口に現れた。頬が紅潮している。走ってきたようだ。盛んに吐き出される白い息は、次々と宙に溶けていった。

「二葉さん」

基哉は立ち上がった。座り込んでいたからか、足が痺れている。倒れそうになり、とっさに壁に手をついた。これ以上学校にはいたくない。だからといって、家にも帰りたくない。そう思ったとき、真っ先に思い浮かんだ場所がここだった。二葉のほかに頼れる相手はなかった。

「どうしたの？　学校は？　抜け出してきたの？」

「先生には、ちゃんと仮病を使いました」

「そういうのは、ちゃんととは言わないよ」

二葉は笑った。基哉が体調不良を訴え、早退したいと言うと、養護教諭は親が学校まで迎えに来なければ無理だと応えた。それを、両親ともに仕事で夜まで帰らない、一人でも大丈夫だと、基哉は必死に説き伏せたのだった。

達己のことで自分の監督不行き届きを反省した母親は、この二週間、かなり神経質になっていた。事件直後は仕事も辞めるつもりだったようだ。それを、一日中家にいては、かえって達己のプレッシャーになると父親に反対され、勤務時間を短縮することで落ち着いた。今は、午後四時には仕事を切り上げて帰ってくる。そのため、基哉はしばらく二葉の部屋に寄ることができなかった。

「二葉さんこそ、大学を抜けてきてくれたんですよね。すみません」

「いいよ。前に話したでしょう。私、授業は真面目に受けてるから、一回くらい休んでも平気なの」

シーサーのキーホルダーを取り出し、二葉は部屋の鍵を開けた。台所と居間を仕切る戸の向こう、ごーやがにゃおにゃおと急かすように鳴いている。曇りガラスに白黒模様がにじんで見えた。二葉が戸を開けると、ごーやはロケットのように飛び出してきた。

「はいはい、ただいま。基哉くんもいるよ」

二葉にひとしきり撫でられたのち、ごーやは基哉の足元にやって来た。抱き上げ、狭い額に頬を軽く押し当てる。また少し大きくなったようだ。猫はほとんど体臭がないと言われているが、さくらや先代のうめともまた違う匂いが鼻をついた。基哉は深く息を吸い込んだ。ささくれ立っていた神経が静まっていく。

「カフェオレでいい？　砂糖は入れる？」

二葉が台所で湯を沸かし始めた。コートを着たままの背中に、お願いします、と返した。

「ストレイトのこと、大変だったね。私もびっくりした。馬鹿の集まりだとは思ってたけど、あんなことがすぐ身近で起こっていたなんて……。島田くんは、警察に事情を訊かれたんでしょう？」

「はい」

「島田くん、大丈夫なの？　ショックで大学を休んでる子もいるって聞いたけど」

「分から、ないです。お兄ちゃん、あれから部屋に閉じこもっていて」

声が湿っぽくなっていくのを基哉は止められない。喉に引っかかりやすくなった音を、ひとつひとつ丁寧に解き放っていく。ドア越しに達己に声をかけても、返事すらいまだないこと。母親が毎晩泣いていること。父親の帰宅時間が段々遅くなっているような気がすること。二葉は流しのほうを向いたまま、うん、うん、と相槌を打った。ずっと、誰かに達己の話をしたかったのだと基哉は気づいた。両親からは、達己がストレイトに入っていたことは誰にも言わないよう釘を刺されていた。啓太たちに話したいとは思わなかったが、それでもわざわざ口止めされると反発心がうずいた。

「そりゃあそうなるよ。あのとき飲み会の場にいたってことは、加害者と被害者と同じテーブルれてたもんね。そんな自分のことも許せないだろうし」

「……はい」

「一ノ宮くん、か。確かによくない噂は何度か耳にしたことがあるよ。女子に迫る手口が強引だとか、身体の関係はあるのに彼女にしてもらえない子が何人もいるとか、飽きたら捨てるとか。でもまさか、あんなひどいことをするとは思わなかった。見抜けないものだよ、人間なんて。まあ、サークルに馴染めなかった私に、偉そうなことを言う資格はないけど」

進次の家庭環境と過去についても、すでに暴かれていた。顔の痣のことでからかわれ、進次の小中学校時代は随分と暗いものだったようだ。あだ名はゾンビだったと、元同級生が証言していた。週刊誌に掲載されていたその記事を読んだとき、知らなきゃよかった、と痛烈に感じたことを基哉は思い出した。理解できてしまうと、持って行かれることもあるのだ。気持ちゃ、情を。

「あ、ごーや、ちょっと待って、こぼれちゃう。基哉くん、これ」

にゃあ、と、ごーやが基哉の腕から飛び降り、ふたたび二葉の足にまとわりつく。二葉はマグカップをひとつ基哉に差し出した。礼を言って、慌てて受け取る。湯気が顔の表面をかすめた。コーヒーの豊かな香りとミルクの優しい匂いに、鼻の奥がつんとした。

「ここは寒いから、あっちの部屋に行こう。今、暖房を入れるね」

「あのっ」

居間へと足を踏み出した二葉に声をかけた。

「なあに？」

「ごーやに去勢手術を受けさせてください」

「どうしたの？　急に」

二葉は戸惑ったように目を瞬かせた。とりあえず座ろうよ、と諭されたが、基哉はなおも言葉を重ねた。思いが溢れて止まらなかった。

「お願いします。去勢させてください。このままだと、ごーやが可哀想です」

「分かった、分かったよ。手術をするのは全然構わない。でも、突然どうしたの？　ちゃんと理由を聞かせて」

はい、まずは座る、と有無を言わさぬ口調で言われ、基哉はのろのろと居間に移動した。先日、組み立てるのを手伝ったキャットタワーが目に飛び込んでくる。あの日の夜に事件は起こったのだと、胸が苦しくなる。この部屋に遊びに来たときの定位置に腰を下ろし、カフェオレを飲んだ。

二葉がコートを脱ぎ、エアコンの電源を入れる。轟音と共に暖かい風が吹き始めた。

「それで、基哉くんはどうしてごーやを去勢させたいの？」

「だって」

「うん」

「ごーやは子孫も残さないんだし、性欲なんて、ないほうが絶対にいいじゃないですか。去勢をすれば、発情は抑えられます。性欲に振り回されるのは、惨めだし、虚しいし……なんていうか、辛すぎます」

足に横腹をつけるようにして寝そべったごーやを、二葉は手のひらで二往復ほど撫でた。黒い尻尾が上下に大きく振れる。カーペットに当たるたび、たぱんたぱんと音がした。二葉は基哉の目を真っ直ぐに見て尋ねた。

「基哉くんは、性欲が怖い？」

「……怖い、です」

躊躇いながらも頷いた。自慰行為をせずにはいられない、嵐のような欲望を、だめだと分かりながらも裸の咲を思い描いてしまったあとの自己嫌悪を、このまま一生、セックスする機会は得られないかもしれないと思ったときの胸に穴があくような孤独を、誰でもいいから女をめちゃくちゃにしたいという衝動を、基哉は思う。性欲。まるで自分をどうしようもなく突き動かす、究極のエネルギーみたいだ。食欲や睡眠欲とは異なる、闇の力。それからごーやを守りたかった。

「ストレイトの事件のことを考えていると」

「うん」

「少しだけ、本当に少しだけ、思うんです。俺もいつか、誰かを襲ってしまうんじゃないかって」

押し殺していた本音を述べた途端、耳が熱くなった。俯き、テーブルの木目に視線を落とす。縞を数えているあいだに、二葉が今の発言を忘れてくれるよう願う。だが、二葉はきっぱりと言い放った。

「基哉くんは、そんなことはしないよ」

「でも、一ノ宮さんは何人もの女の人と付き合ったことがあって、そういうことをする相手には全然困ってなくて、それなのにああいう事件を起こしたじゃないですか。俺なんか、きっとなおさら危ないです」

「違うよ。全然違う。そういうことじゃない。基哉くんは、絶対に自分勝手に欲望をぶつけるようなことはしない」

「どうしてそんなに俺のことを信じられるんですか？」

「信じてるんじゃないよ、分かるの。あれこれ考えるより先に、ただ分かるんだよ」

苛立ちで膨らんだ風船に針を刺されたようだった。みるみるうちに気が抜けていく。基哉はなにも言えなくなった。笑いたいのか泣きたいのか覚束ない口元を隠すため、ぬるくなったカフェオレを飲む。甘い。砂糖がたっぷり入っていることに、今更ながらに気づいた。これは、子ども扱いされているということか。一瞬、唇を噛んだ。

「手術の日程は、あとでごーやが通っている病院と相談してみるね。なるべく早いほうがいいよね」

「あの、それなんですけど、俺からお父さんに頼みましょうか？」

基哉は両親に、ごーやの飼い主は友だちだと説明している。二人はおそらく、基哉の同年代の男子だと思っているだろう。二葉を島田動物クリニックに連れて行けば、面倒なことになるのは間違いない。それでも、言わずにはいられなかった。

二葉は柔らかく首を横に振った。

「ありがとう。でも、大丈夫。お世話になってる動物病院で受けさせるよ。キャリーに入れられて電車に乗るっていうのは、ごーやにとって、ものすごいストレスになると思うんだ。それに、術後になにかあったときのためにも、家に近いほうがいいと思うし」

「それは、そうですね」

基哉は顎を引いた。ふいに、自分がごーやを手術できればよかったのにと思った。悔しさにも似た感情だった。

「それに、そのごーやが通っている動物病院、手術室の一部がガラス張りになってってね、希望する飼い主は手術を見学できるんだって」

「えっ、すごいですね」

「私もびっくりした。でも、ものすごく珍しいってわけではないみたいだよ。せっかくだから、私もお願いするつもり。ごーやに関することだから、ちゃんと知っておきたいというか……機会があって、血やメスに抵抗がないなら、自分の目で見ておいたほうがいいような気がする」

二葉は両手で包むようにマグカップを持ち、こくこくと中身を飲んだ。マグカップで半分以上が隠されたその顔に、基哉は目を向けた。本当に、おかしな人だ。AVに出演した経験があり、中学生の自分に会うことにも躊躇いがなさそうで、世間の常識に縛られていないのかと思いきや、時折とても真っ当な発言をする。身の回りにいる誰よりも、二葉が大人に感じられるときがあった。

「二葉さん」

「ん？」

二葉はマグカップをテーブルに戻し、首を傾げた。

「俺も、ごーやの手術を見学したいです。一緒に行ってもいいですか？」

去勢手術のおおよその内容は父親に聞いて知っていた。特別な事情がなければ日帰りで行われる、さほど困難ではない手術だ。だが、実際の現場を見たことはなかった。さくらの避妊手術のときも、ただ待合室で待っていた。

「もちろん構わないよ。病院に電話して、予約が取れそうな日が分かったら連絡するね」

「よろしくお願いします」

カフェオレを飲み終え、帰ります、と基哉は立ち上がった。二葉と話をしたことで、気分はかなり軽くなっていた。基哉を引き留めるかのように、ごーやが仰向けになる。すっかり野性味の感じられなくなった姿に、二葉と過ごしてきた日々の温かさを知った。ごーやの股のあいだ、小さな膨らみを見つめる。もうすぐあの中は空になるのだ。


翌朝、駅のホームでスマートフォンを操作していた基哉は息を呑んだ。啓太、亮、浩輝、龍之介と組んでいたグループトークのメンバーから、自分の名前が外れている。冷たい汗が背中を流れた。まさかという驚きと、そうだよなという納得が同時に湧き上がる。一気に忙しなくなった心臓を抱え、電車に乗り込んだ。

学校に到着してからも、教室に真っ直ぐに行く気持ちにはなれなかった。ロビーに立ち寄り、クリスマスツリーを見上げた。生木のもみは、湿った土と爽やかな風の混ざった匂いがする。息を吸うたび、心が少しだけ軽くなるようだ。細い葉の一本一本が控えめに照っていた。プラスチック製のツリーにはない、鮮烈な存在感が眩しかった。

予鈴が鳴ったところで気持ちを固め、三年二組の教室に向かった。後ろのドアから中に入る。ロッカーの前を通りがてら、啓太、亮、浩輝、龍之介に、おはようと声をかけた。返事はない。予想どおりだった。だが、朝の教室は騒がしく、単に聞こえなかっただけという可能性も否定しきれない。基哉は自分の机に鞄を置き、改めて四人に近づいた。

「おはよう」

先ほどより大きな声を出した。やはり返事はない。啓太と亮が気まずそうに視線を揺らし、龍之介は面倒くさそうに目を瞬く。返ってきたのは、それだけだった。浩輝一人が、生き生きとした目で昨晩のテレビ番組について喋っていた。へえ、あれってそういう話だったんだ、と基哉は鈍感を装い話しかけた。なんとか打開策を見つけたかった。しかし、浩輝は不自然なほどに基哉の発言を無視した。そのくせ、こちらの反応はすべて押さえておきたそうな、執拗で残忍な好奇心が横顔に透けていた。ああ、終わったのだと基哉は悟った。

傷つかなかったと言えば、嘘になる。みぞおちに冷たいものが走り、喉が急激に渇いた。視界の明度も落ちた。それでも、この世の終わりのようには思わなかった。基哉は黙って四人から離れ、自分の席に戻った。椅子の背もたれを摑み、後ろに引く。そのときだった。

「基哉っ」

啓太の声がした。反射的に振り返る。啓太は必死の形相で基哉を見つめていた。

「おい、啓太。おまえ、どっちにつくんだよ。あいつはただ、修学旅行の班の人数合わせで、俺たちと一緒にいただけだろ。もともと友だちでもなんでもないんだからな」

すかさず浩輝の声が飛んだ。でもさ、と、眉間の皺を深くして、啓太が反論する。

「一度はみんなで仲良くなっただろ。だったら――」

「なってねえよ。俺は、あいつと仲良くなった覚えはない。おまえ、なんでそんなにあいつに構うんだよ。あいつと俺らでは、明らかに格が違うだろ。一緒にいるほうがおかしいんだよ」

刺すような目つきで睨まれ、啓太が立ちすくんだのが分かった。大丈夫だから。声には出さず、基哉は小さくかぶりを振ってみせた。偽物のジョーカーで、裏技で、向こう側に行こうとしたことが、そもそもの間違いだったのだ。気分は不思議と明るかった。咲が心配そうにこちらを見ている。尚介と弦の目は、なにかを訴えかけるように強く光っていた。二人の口は小さく開いて、まるで基哉の名前を呼ぼうとしているみたいだ。しかし、基哉はもう誰にも甘えたくなかった。人と目を合わさないまま、椅子に座った。

帰りの電車の中で、基哉は啓太にメッセージを書いた。九月に駅で会った二葉は実は彼女ではなく、単なる友人であること。自分に女子との交際経験は一度もないこと。自分のことは気にしなくていいということ。それらを迷いなくフリック入力でしたため、送信ボタンを力強くタップした。既読の印は一分後についた。

ごーやの去勢手術は、冬休みの初日、クリスマスイブの午前十時から行われることになった。朝、出勤する父親と母親を見送ったのち、基哉は大急ぎで支度を整えた。少し迷ったが、達己には声をかけずに家を出る。ごーやの手術のことは、両親にも話していなかった。昼休みに母親が帰ってくるまでに、家に戻らなければならない。空は薄曇りで風が強かった。基哉は達己からもらったマフラーを首にきつく巻き直した。

街角の広告や看板、イルミネーションは、相変わらずクリスマス一色だったが、行き交う人々の表情は普段と変わらなかった。ビジネスマンが重たげなコートを着て、感情の読み取れない顔で歩いている。カジュアルな服装の人も、まだ眠気が抜けきっていない様子だ。街を歩いているだけでは、今日がクリスマスイブだという実感が湧かなかった。

基哉の予想に反し、母親は今年もクリスマス会をやるつもりでいたようだ。お兄ちゃん、ミートローフが大好きだもんね、これなら一緒に食べたくなるかもしれないよね、と言いながら、昨晩はせっせと買いもののリストを書いていた。三日前にはプレゼントの希望を訊かれた。基哉は特に思いつかなかったが、変わってしまったと思われるのが嫌で、CMで見かけたゲームソフトのタイトルを適当に答えた。中学三年生にもなってゲームなの？ と文句を言う母親は嬉しそうだった。

二葉のアパートには、九時半過ぎに到着した。昨晩から絶食させられ、水も飲めないでいるごーやは、不機嫌の極みのような表情で二葉を追い回していた。

「だいぶ気が立ってますね」

「餌をくれ、餌をくれって、催促がすごくてさ。私の朝ご飯もすごい勢いで狙ってくるから、立ったまま食べたんだよ」

「大変でしたね」

「手術のあとも、半日は餌をあげられないんだよね。この子、大丈夫かなあ」

ぼやきつつ、二葉はごーやを手早くキャリーバッグに入れた。アパートから徒歩十分、赤みがかったレンガでイギリス風に装飾された建物の一階が、ごーやかかりつけの柴里《しばさと》アニマルクリニックだった。エントランスには花壇が設けられ、今はパンジーが咲いていた。トイプードルが一匹、外のポールに繋がれている。病院が嫌いで、中で大人しく待てない犬なのだろう。ダウンジャケットを着込んだ飼い主は、諦観の面持ちだ。寒さを誤魔化すためか、きつく腕を組み、その場で軽く足踏みをしていた。

「獣医って、大変な仕事だよね」

受付を済ませ、長椅子に腰を下ろすと同時に二葉は言った。

「そう、ですかね」

基哉はとりあえず相槌を打った。父親の職業のことで、大変だね、立派だね、と言われる機会はままあった。命に関わる仕事だからだろうか。なんとなく見当をつける。二葉は足元に置いたキャリーバッグに目を落とし、ごーや、と声をかけた。怯えて固まっているらしく、バッグは静かだ。だって、と二葉は基哉に視線を戻した。

「動物が好きだから、みんな、この仕事に就いたんだよね？　なのに、肝心の動物に嫌われちゃうことが多いじゃない？　この人のおかげで元気になったっていう事実は、一生かかっても、動物にはなかなか理解できないだろうし」

「なるほど」

「この病院に来るのは今日で四回目だけど、床に突っ伏しちゃって診察室に入ろうとしない犬とか、怖がってずうっと鳴いている猫とか、必ずいるよ。そういう子を見かけると、獣医の仕事は片思いだなあって思う」

「片思い？」

「そう、片思い。もちろん、自分が動物に好かれるより大事なことがあるって、獣医になる人は分かってるんだろうけど、でも、なんか切ないよね」

「そんなふうに考えたこと、なかったです」

「見返りを求めない愛が本当の愛だって、よく言われるじゃない？　子どもに対する親の気持ちこそが究極だ、みたいな。だったら、獣医の仕事も愛だし、もしかしたら、両思いよりも見込みのない片思いのほうが、愛に近いのかもしれないね」

だとしたら私はまだまだ愛を知らないな、と二葉が呟く。

「吉沢さん、吉沢ごーやくん」

スタッフの呼ぶ声が響いた。まずは診察室で一通りの検査を受け、その後、ごーやは手術室に連れて行かれた。基哉たちも見学スペースに案内される。幅二メートルほどの廊下の突き当たりにある、こぢんまりとした空間だった。壁に嵌め込まれた横長のガラスから、手術室の様子をうかがうことができた。手術着を着用した獣医師とスタッフが、こちらに向かって会釈する。基哉と二葉も頭を下げた。

暴れないよう押さえ込んだごーやに、獣医師が注射器で麻酔を打つ。猫は痛みに鈍感だと言われているが、針が刺さった瞬間、ごーやが目をかっぴらいたように見えた。少しずつごーやの動きが鈍くなり、スタッフに仰向けにされても抵抗しなくなる。完全に眠ったようだ。麻酔がガスに切り替えられた。

「ねえ、注射とガスと、どうして両方やるの？」

「えっと、それはですね」

ガスのほうが体に負担が少ないこと、動物にガス麻酔を施すには眠らせる必要があり、そのため注射を打つことを、基哉は説明した。ぬいぐるみのようにくったりしたごーやの股を、スタッフがバリカンで刈っていく。長い尻尾は手術台に固定され、丸みのある陰嚢《いんのう》が露わになった。一部に切り込みのある緑色のシートが、ごーやに覆い被さる。獣医師が切り込みから陰嚢部分を外に出した。

　ここからは速かった。

　カミソリのような小さなメスが、陰嚢の皮を浅く切る。ブドウを扱うように、獣医師が指で睾丸を押し出したのが見て取れた。睾丸は、血管と精管という細い紐《ひも》のようなもので体に繋がっている。獣医師はそれらを根元で縛り、結び目のぎりぎり手前にハサミを入れた。これを二回繰り返せば、手術は終了だ。切った陰嚢は縫わない。すぐに癒着するからだ。スタッフがシートを剝がすまで、五分とかからなかった。同じ男として痛々しい思いを味わうことも覚悟していたが、そんな隙《ひま》はなかった。

　銀色のトレイに載せた睾丸を、獣医師はガラスのすぐ近くまで持ってきた。きれいな薄ピンクで、ころんと丸い。基哉の親指の爪よりも小さかった。血管と精管の切れ端には生々しさを覚えたものの、表面は全体的につやつやかで、滑稽な印象を受ける。眼球や心臓や大腸や、身体のほかの部位に宿っているような迫力は、まったく感じられなかった。

「本当に玉だったね」

　ごーやの麻酔が切れるまで、二、三時間かかる。一旦帰宅するという二葉と共に、病院を出た。二葉の口調はしみじみとしていた。

「玉、でしたね」

「丸いものが入ってるんだろうなあとは思っていたけど、実物を見ると、やっぱり驚くね」

　外の気温は家を出たときとあまり変わらなかった。風の唸り声が耳を突き、寒さに備えるように身体が縮こまる。しばらく行くと、中央分離帯のある少し大きな道路に出た。歩行者用信号が目の前で赤に変わり、基哉は足を止めた。

「手術、見学できてよかったです。今日はありがとうございました」

「お礼を言うのは私のほうだよ。実はなかなか踏ん切りをつけられないでいたから、基哉くんが言い出してくれて助かった」

二葉の言葉は放たれたそばから白い息に化けた。あの靄《もや》に触れたいと、手を伸ばしたくなる。分かれ道が迫っていた。次の交差点を、二葉は直進、基哉は左に曲がらなくてはならない。手術を見た興奮があとを引いているのか、妙に別れがたかった。永遠に信号が変わらなければいいと思ったとき、駅まで送ろうかな、と二葉が言った。

「いいんですか？」

「うん、行こう行こう」

基哉は二葉と肩を並べて横断歩道を渡った。交差点を左に曲がる。と、一際強い風が吹き、冷気が身体の芯に触れた。思わず顔が歪む。凍《い》てつくような寒さだ。ぎゃー、と二葉が首をすくめて叫んだ。近くのコンビニエンスストアに逃げ込み、温かい飲みものをそれぞれ購入する。基哉はホットレモンを選んだ。カイロの役割も兼ねて、コートのポケットに突っ込んだ。

「私、ＡＶに出たこと、今日初めて、少しだけ後悔したかも」

ペットボトルのココアの蓋を捻り、二葉が言った。

「地方の田舎から、お嬢さま大学みたいなところに進学しちゃって、本当に全然溶け込めなかった。バイトも個人経営の小さな居酒屋を選んだから、同年代が見事にいなくて、私、東京で友だちが作れなかったのね」

「二葉さんに友だちがいないなんて、俺、信じられないです」

「本当だよ。喋っていて、楽しいなって、話をちゃんと聞いてもらえたなって、上京して初めて思えた相手が、バーベキューの日の基哉くんだもん」

二葉はいたずらっぽい目で微笑んだ。啜るようにココアを飲む。甘い匂いがあたりに振りまかれた。

「私、だめなんだよね。遊びに行くために授業を欠席した子にはノートを貸したくないし、代返も断る。言い方はもっと遠回しだったけど、協調性や思いやりがないって、一年生のときにはよく注意された。恋愛話とかバイト先の愚痴を聞いても、場が盛り下がるような相槌しかできなくて、みんな、私のことを嘲笑ってるか煙たがってるか、どっちかだった」

「二葉さんも、そういうことを気にするんですね」

「するよう。最初はね、校風が合わないのかなって考えたの。それで、ストレイトに入ってみたんだけど……。やっぱり私の性格の問題だったんだろうね。どうしても上手くいかなくて、一時期、非常にむしゃくしゃしてたわけです、はい」

「はい」

突然かしこまった二葉に合わせ、基哉も姿勢を正した。双方とも足は止めない。駅までの距離は徐々に短くなっていく。基哉たちはファミリーレストランの前を通りかかった。若い男女二人が、ちょうど店から出てくる。脂っぽい香りと陽気なクリスマスソングが、歩道にこぼれた。

「たぶん、私のことを見くびっている奴らに、優越感を持ちたかったんだと思う。鞄が欲しかったのも本当だけど、それよりなにより特別な経験をしたくて、AVの求人に応募したの。AVに出てからは、あんたたちにはこんなことできないでしょうって思いながら、大学を歩いてた。AVのギャラで鞄を買ったことが自慢だった。誰かに勝つことが強さじゃないなんて、基哉くんには偉そうに言ったけど、私も同じだったね」

「すみません、俺、あのとき二葉さんに――」

「いいの、いいの」

二葉は鷹揚に笑った。

「AVの現場で会った人は、みんな優しかったんだ。運がよかったんだと思う。嫌な思いをすることは、本当に、ひとつもなかった」

「はい」

「でも、優越感が欲しいなんて、そんな気持ちでやることではなかったな。なんか急に、そう思った」

ペットボトルの蓋を閉め、二葉はココアを鞄にしまった。正面に駅が見えてくる。基哉のホットレモンは、ポケットに収められたままだ。開けるタイミングを逸していた。そこから染み出る熱で、腰は大層温かかった。

「セックスで自分を変えることはできないね。相手に変えてもらったり……変えられてしまったりすることはあっても」

ごーやの睾丸の、あの間抜けな風情を思い出す。性欲は、禍々《まがまが》しい闇の力ではなかった。手品のタネを明かされた瞬間のように基哉は思う。自分の中にある限り、それは単なる欲望でしかない。それを携え、生身の誰かと関わろうとしたときに、別のものに変わるのだ。厚みを増していく一方だった呪いが、ようやく少しだけ解けたような気がした。

二葉は改札までやって来た。売店の壁に貼られたポスターに目を向け、あ、今日はイブか、と声を上げげる。有名な犬のキャラクターがサンタクロースの格好をして、見る者を誘うように手を突き出していた。一日早いけど、メリークリスマス、と二葉が笑った。メリークリスマス、と基哉も応えた。

家に着いたとき、母親はまだ帰っていなかった。手も洗わず、うがいもせず、基哉はコートを着たまま達己の部屋の前に立った。リビングからむくげとさくらがやって来て、構って、と全身で訴えてくる。基哉は身を屈め、右手でむくげの背中を、左手でさくらの頭を撫でた。温もりと毛の感触が、冷えた指先を柔らかくほぐした。

「お兄ちゃん」

ドアに小さく呼びかけた。沈黙。だが、静寂の中にほのかな意志を感じた。達己は起きている。身を潜めながら、こちらに意識を向けている。もう一度、お兄ちゃん、と呼んだ。言いたいことがたくさんあった。バーベキューの日に知り合った吉沢二葉と友だちになったこと。彼女が子猫を拾い、その世話に協力したこと。つい先ほどまでその猫の去勢手術を見学していたこと。修学旅行でクラスメイトに私服を褒められた話も、そういえばまだしていなかったと気づく。長時間使い続けたスマートフォンのように、頭の中は次第に熱を帯びた。そうして、口を突いて出たのは、

「あれから思ったんだけど、俺が女だったとして、やっぱりお兄ちゃんとは付き合えないよ」

という、自分でも思いがけない言葉だった。

「十四年以上、兄弟として同じ家に暮らしてきたんだよ。だから、そういう想像がしづらいっていうか……無理だよ、どう考えても。お兄ちゃんが嫌だとか、そういう話じゃなくて」

達己はなにも言わない。物音もしない。基哉は一瞬、ドアの板に喋りかけているような錯覚に駆られる。しかし、深呼吸をして神経を研ぎ澄ませば、数メートル先に達己の気配を感じた。達己はおそらく、この話に耳を傾けている。そんな光景を思い浮かべながら続けた。

「でも、お兄ちゃんのことを好きになる人は、必ずどこかにいるから」

言い終えると同時に、ほうっと息が漏れた。視界がにじみ、ずっとこれを伝えたかったのだと思った。物心ついたころから、常に優しい兄だった。達己との思い出は、どれも明るい色に包まれている。母親が昼に帰ってこられない土曜日に、インスタントラーメンを作ってくれたこと。宿題を代わりにやってもらって怒られたこと。サンタクロースの正体に自分は気づいていながら、まだ信じている基哉に話を合わせてくれていたこと。達己を好きになる人が誰もいないのは、絶対におかしい。その人が抱く思いが恋愛感情か、それとも深い友情かは分からない。とにかく世界のどこかにはすでに存在していて、達己と出会っていないだけとしか思えなかった。

「それじゃあ、えっと、あの……あ、今日の夕食はミートローフだって。お母さんから聞いた？ほら、今日はクリスマスイブだから。楽しみだね」

相槌のない会話は、終わらせ方が難しい。基哉はしどろもどろになった。じゃあ、また、と、よろめきながら立ち上がると、むくげとさくらがもの足りないというように、濡れた目で基哉を見上げた。ドアから一歩、距離を取る。基哉を追いかけ、二匹の頭が同じように動く。そのときだった。

「……とや」

基哉はドアに必死に顔を近づけた。勢い余って額をぶつける。痛っ、と額に手のひらを当て、

「お兄ちゃん？　なにか言った？」

すぐには反応は返ってこなかった。しかし、今は音が聞こえる。床を足が擦る音に、体勢を変えているのか、衣擦れの音。基哉、と二度目に聞こえた声は、喉を潰されたようにくぐもっていた。久しぶりに口を利いたからかもしれない。だが、まぎれもなく達己の声だった。基哉は叫んだ。

「どうしたの？　もう一回言って」

「付き合うって、なに？　基哉が女だったらって、どういうこと？」

数秒、時が止まった。基哉は頭の中に白い液体を流し込まれたような感覚を味わった。むくげが指をぺろりと舐める。さくらが膕に頭をぶつけてくる。くすぐったさと衝撃に、ようやく正気を取り戻した。

「ちょっと待ってよ。お兄ちゃんが俺に訊いたんでしょ」

「え、なに、どういうこと？　俺？　俺、なに言ったの？」

酔っ払いの言うことは、二度と真に受けない。基哉は固く決意した。一瞬でも真面目に考えようとしたのが馬鹿みたいだ。知らない、と強い口調で言い放ち、自分の部屋に向かった。廊下を踏む足取りは、自然と荒々しいものになった。むくげとさくらが、自分たちは味方だというよう

な顔でついてくる。

「ちょ、ちょっと待って、基哉っ」

背後でドアの開く音がした。


あと一駅だと思ったところで、ふっと意識が途切れた。後ろから身体を押され、波にさらわれるように足が動き出し、現実に引き戻される。周囲と押し合いながら、ホームに降りた。駅名を告げるアナウンスが、耳の中で大きく膨れる。外気の冷たさに身震いして、基哉は自分が立ったまま眠りかけていたことを知った。

クリスマスプレゼントにもらったゲームソフトが予想外に面白く、達己と夜遅くまでプレイする日が続いていた。明日から学校でしょう、と昨晩も母親に叱られたが、始業式の日は午前授業だ。昼には家に帰れると思うと、とても節制する気分にはなれなかった。結局、日付が変わるまで遊んだ。

朝八時の駅のホームは、基哉の学校の生徒でにぎわっている。部活や委員会などでばらける下校時刻とは異なり、登校のタイミングは重なる。改札に続く階段はひとつしかなく、基哉は長く伸びた列のほぼ最後尾についた。目はまだしょぼしょぼしていた。階段の脇に人が立っていることには気づいていたが、それが誰かは分からなかった。

「おはよう」

声をかけられ、驚いた。思わず足を止め、へっ、と空気の多分に含まれた声を口から吐き出した。啓太は何食わぬ顔で基哉の隣に立った。

「寒いな」

「う、うん」

ぎこちなく頷いた。列が進み、立ち止まっていた基哉の前にぽっかりと空間ができる。啓太はそこを顎でしゃくると、

「ほら、行くぞ」

「ど、どこに」

「どこにって、決まってるだろ。学校だよ。ほかにどこに行くんだよ」

「でも」

基哉は口ごもった。二学期が終わる前に送ったメッセージに、啓太からの返信はなかった。それでよかった。もとより反応は求めていなかった。啓太と浩輝のあいだに、決定的な亀裂を入れずに済んだ。そのことにほっとしていた。だが、これから二人揃って教室に顔を出せば、どうなるか分からない。今度こそ、浩輝は啓太を切り捨てにかかるかもしれなかった。

「基哉が俺と一緒は嫌だって言うなら、一人で行くけど」

「違うよ。全然嫌じゃない」

慌てて首を横に振った。啓太は疑いの目で基哉を見ていたが、数秒後、いいんだよ、と、ぶっきらぼうに呟いた。

「俺が決めたんだから。自分の友だちは、自分で決めるよ」

「えっ」

「だから、行くぞ」

並んで階段を降りた。基哉の足元はふわふわと落ち着かない。現実感がなかった。冬休みはなにをしていたのかと問われても、つい作文を棒読みするような口調になってしまう。なんで丁寧語なんだよ、と、啓太が苛立ちと笑いの入り混じった声で言った。ごめんね、と基哉は謝る。すると、別に謝って欲しいわけじゃねえよ、と、さらにきつい調子が返ってきた。

通学路を行く。徐々に校舎が見えてくる。基哉と異なる路線を使用している生徒も合流して、校門の前は一段と騒々しかった。正面からやって来る集団の中に、基哉は咲の姿を見つけた。拓馬と喋りながら歩いている。喜びが染み出しているような彼女の笑顔を、冬のまろやかな日が照らした。

「あ」

啓太がやにわに低い声を出した。

「どうしたの？」

気まずそうな表情だ。いや、その、と急に歯切れを悪くしている。なにかあったの？ と、基哉が再度尋ねると、あとから知るのも嫌だよな、と、ひとりごち、啓太は咲と拓馬を指差した。

「実は、あいつらさ」

「付き合い始めたんだよね？」

基哉の一言に、啓太は身をのけぞらせた。

「おまえ、知ってたのかよ」

「うん、長谷部さんが報告してくれたから。高柳くんと一緒に初詣に行った帰りに、そういう話になったんだよね？」

拓馬に告白されたとき、断るのではなく、向き合ってみようと思えたのは基哉のおかげだと、そのメッセージには記されていた。おめでとう。基哉は自分にできるかぎりの装飾を施し、祝福の気持ちを送った。

「なんだよ。俺、おまえがショックを受けるんじゃないかと思って、めちゃくちゃ焦った」

「なんで俺がショックを受けるの？」

「だっておまえ、咲のこと、好きだったんだろ？」

頭頂部を殴られたような衝撃が走った。

「な、な、な、なんで」

「見てれば分かるよ」

「い、い、い、いつから」

「修学旅行の、二日目の夜かな。あのときは、年上の彼女と別れたのか、別れていないうちに咲のことを好きになったのかは、分からなかったけど」

「ほ、ほか、ほかの人たちも？」

「ほかの奴らは気づいてないいんじゃない？　俺は、そういうことに敏感なほうだから」

顔が熱くなる。額あたりから蒸気が発生しそうだ。基哉はマフラーを剝ぎ取りたい衝動に駆られた。啓太がにやりと唇を吊り上げた。

「基哉、泣いてただろ。咲が告白されたあと、部屋で、一人で」

「泣いてないよっ」

大声で言い返した。周りの視線が基哉と啓太に集まる。拓馬と見つめ合っていた咲も前に向き直り、基哉と目が合った。咲の面相に、驚きの色が走る。咲は基哉と啓太の顔を交互に眺め、世界中の光を集めたような笑みを浮かべた。

「島田くん、有馬くん、おはよう」

挨拶を返そうと、基哉は手を上げた。だが、啓太にその腕を引かれ、中学生の恋愛なんて、どうせすぐに終わるからさ、と耳打ちされた。長谷部さんは、啓太とは違うよ。むっとして言い返した。うるせえな。啓太が基哉の脇腹を肘で小突く。やめてよ、と同じ動作を返したところで、咲が嬉しそうに自分たちを見ていることに気づいた。

「二人とも、朝から楽しそうだね」

「ああ、楽しいよ。なあ、基哉」

とぼけた表情の啓太が憎らしかった。黒目はこちらを試すように輝いている。もう一度、今度は顔を覗き込むように、なあ？　と啓太から同意を求められ、そうだね、ものすごく楽しいよ、と基哉は自棄《やけ》気味に声を張り上げた。

この作品は書き下ろしです。

装画　奥田亜紀子
装丁　宮口　瑚

奥田亜希子（おくだ・あきこ）
1983年（昭和58年）愛知県生まれ。愛知大学文学部哲学科卒業。2013年、第37回すばる文学賞を「左目に映る星」（「アナザープラネット」を改題）で受賞。著書に『透明人間は204号室の夢を見る』『ファミリー・レス』『五つ星をつけてよ』『リバース&リバース』がある。

青《せい》春《しゅん》のジョーカー

二〇一八年三月三〇日　第一刷発行

著　者　奥田亜希子《おくだあきこ》
発行者　村田登志江
発行所　株式会社集英社
〒101-8050　東京都千代田区一ツ橋2-5-10
電話　03-3230-6100（編集部）
03-3230-6080（読者係）
03-3230-6393（販売部）書店専用

印刷所　凸版印刷株式会社
製本所　加藤製本株式会社

ISBN978-4-08-775439-1 C0093
定価はカバーに表示してあります。

集英社　奥田亜希子の本

『左目に映る星』

第37回すばる文学賞受賞作

透明度0％のこじらせ女子と、
あまりにピュアな純度100％のアイドルオタク。
二人の恋の行方は――。

江國香織氏
奇妙な繊細さと言葉の揺らめきに、心を触られた（選評より）

角田光代氏
じつに魅力的。たんなる恋愛小説におさまっていない（選評より）

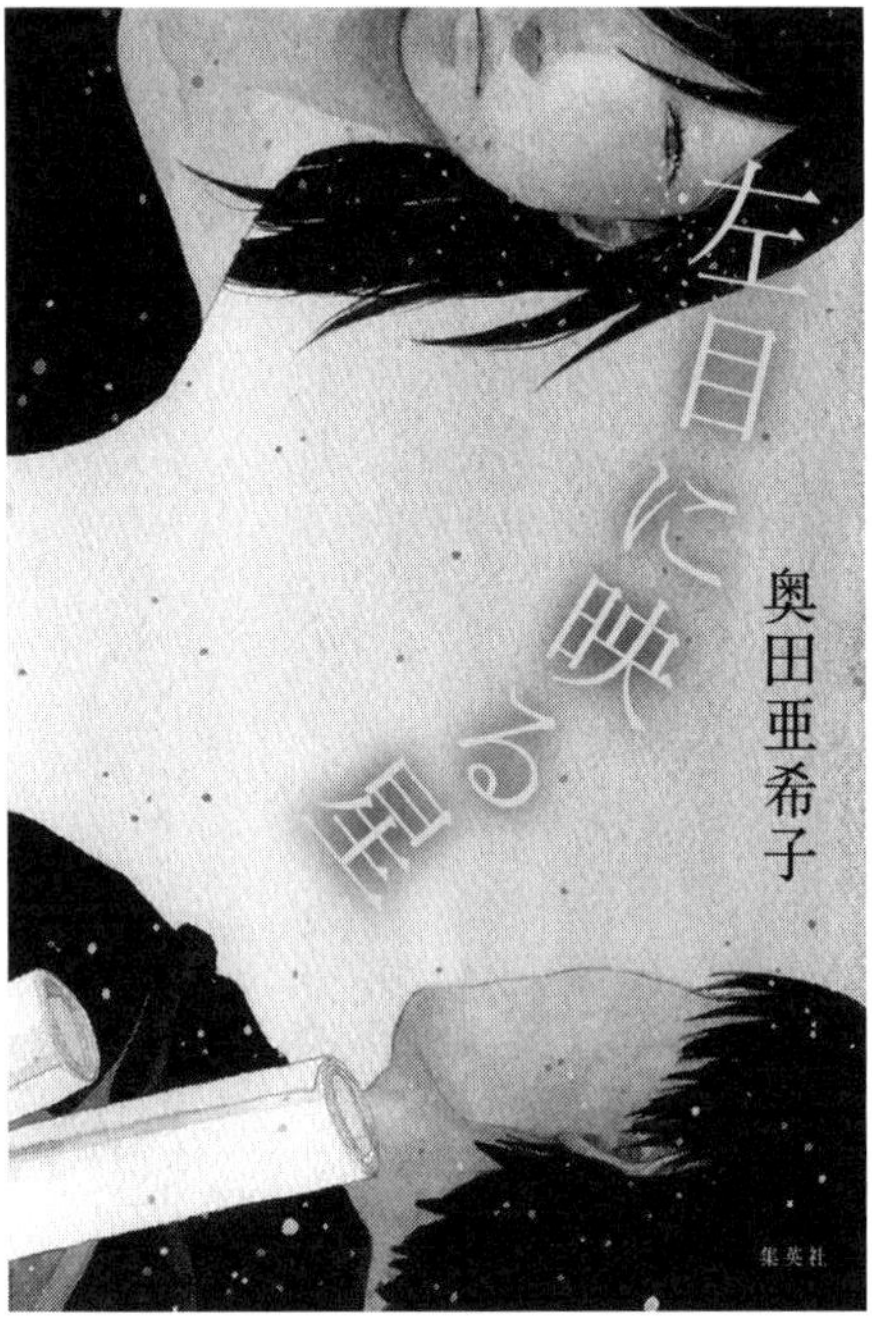

早季子は、幼少期から左目にのみ近視と乱視があり、そのせいで右目を閉じる癖がある。左目から見えるぼやけた世界を彼女は気に入っていたが、誰ともその感覚を共有できないことに寂しさを感じていた。小学五年生の時、自分と同じ目を持つ少年・吉住と出会う。彼は早季子にとって奇跡のような存在だったが、二人で過ごす幸せな時間は長くは続かなかった。当時の彼を忘れられないまま二十六歳になった早季子は、知り合ったばかりの男と簡単にホテルへ行くことはあっても、他者に恋愛感情を抱けなくなっていた。ある時、「宮内」の存在を人づてに知る。恋愛未経験で童貞、超がつくほどのオタクで、人生をアイドル・リリコに捧げる冴えない男。彼もまた、早季子と同じ目の症状を抱えていた。「私や吉住と同じ世界を見ているかもしれない」。宮内に会いたいと強く願うが、彼はリリコの追っかけで毎週忙しい。早季子は、意を決し福岡で行われるリリコのライブに同行するのだが——。

集英社　奥田亜希子の本

『透明人間は204号室の夢を見る』

孤独にも、いろいろ種類がある。
「世間からずれている」と言われた多くの人へ。
地味で冴えない女性作家の、グレーな青春小説。

北上次郎氏（文芸評論家）
思わず、はっと胸をつかれる。（「青春と読書」2015年5月号より）

豊﨑由美氏（ライター・書評家）
妄想は精神を歪ませる——そうだろうか。必ずしもそうではないことを、この小説は伝えようとしている。

中江有里氏（女優・脚本家）
自由で、快適で、さみしいひとりぼっちの世界。この世界が、わたしは好きだ。

暗くて地味、コミュニケーション能力皆無の実緒は、高校三年生の時、ある出版社の小説の新人賞を受賞する。ペンネームは「佐原澪」。当時は高校生だったこともあり話題となったが、六年経った今、佐原澪の名前を覚えている人間はいない。実緒はデビュー以降、スランプに陥り一作も小説を書けなくなっていた。自分のデビュー作が未だに置かれている書店へ行っては、誰か手に取らないかと監視する日々。するとある日、実緒の本を手に取る大学生風の男の姿を目撃する。思わずあとをつけ、彼の住むマンション、そして「千田春臣」という名前を突き止めた実緒は、それからというもの、今まで一行も書けなかったことが嘘のように小説を書くようになる。その小説を春臣に送りつけることで満足感を得ていた実緒は、ひょんなことから彼の恋人・いづみと仲良くなり、奇妙な三角関係が始まる——。